www.mayabook.co.kr

일구이언이부지자

일구이언 이부지자 ❺

지은이 | 이문혁
펴낸이 | 권순남
펴낸곳 | (주)마야 · 마루출판사

등록 | 2008. 1. 7(제310-2008-00001호)

초판 인쇄 | 2009. 6. 5
초판 발행 | 2009. 6. 10

주소 | 서울시 노원구 상계 1동 1049-25 신영산업 BD 602호
대표전화 | 02-2091-0291
팩스 | 02-2091-0290
이메일 | marubooks@hanmail.net

ISBN | 978-89-5974-363-6(세트) / 978-89-5974-447-3
정가 | 8,000원

잘못된 책은 교환하여 드립니다.
저자와 협의하여 인지를 붙이지 않습니다.

일구이언이부지자

이문혁 신무협 장편소설

⑤

MAYA&MARU ORIENTAL STORY

마루&마야

목차

프롤로그 …007

제1장. 출이반이(出爾反爾) …017
- 너에게서 나온 것은 너에게로 돌아온다.
  자기가 뿌린 씨는 자기가 거두게 된다.

제2장. 차계기환(借鷄騎還) …045
- 닭을 빌려 타고 돌아간다는 뜻으로,
  손님을 박대하는 것을 비꼬는 데 인용하는 말

제3장. 지상담병(紙上談兵) …067
- 종이 위에서 병법을 말한다는 뜻으로,
  이론에만 밝을 뿐 실제적인 지식은 없는 경우

제4장. 중구난방(衆口難防) …099
- 여러 사람의 말을 다 막기가 어렵다는 말로,
  많은 사람이 마구 떠들어대는 소리는 감당하기 어려우니
  행동을 조심해야 한다는 뜻

제5장. 조삼모사(朝三暮四) …131
- 당장 눈앞의 차별만을 알고 그 결과가 같음을 모른다는 뜻으로,
  간사한 꾀로 남을 속여 희롱함을 이르는 말

제6장. 청천벽력(靑天霹靂) ...153
- 맑은 하늘에 벼락이라는 뜻으로,
  필세(筆勢)가 약동함을 비유하거나,
  갑자기 일어난 큰 사건이나 이변을 비유하여 이르는 말

제7장. 일국삼공(一國三公) ...181
- 많은 사람들이 저마다 구구한 의견을 제시함

제8장. 읍참마속(泣斬馬謖) ...215
- 공정을 지키기 위해 사사로운 정(情)을 버림의 비유

제9장. 온고지신(溫故知新) ...241
- 옛 것을 익혀 새로운 것을 안다.
  즉, 옛 것을 익혀 그것을 토대로
  새로운 지식과 도리를 발견하다.

제10장. 양상군자(梁上君子) ...265
- 대들보 위의 군자라는 뜻으로,
  집 안에 들어온 도둑의 비유

제11장. 어부지리(漁父之利) ...283
- 쌍방이 다투는 사이에 제삼자가
  힘들이지 않고 이득을 챙긴다는 말

제12장. 약육강식(弱肉强食) ...307
- 약한 자가 강한 자에게 먹힘

프롤로그

"무슨 말인지 정말 모르시겠소?"

제갈선은 화가 머리끝까지 치밀어 올랐는지 벌떡 몸을 일으켰다. 맹의 주축을 이루는 각파와 가문의 수장들이 자신의 말을 믿기 어렵다는 표정을 지었기 때문이다.

"아들을 잃었소."

"험험."

"가문의 후계자를 잃은 것은 물론이고, 근종에 오른 내 동생 제갈곽은 양팔이 부러졌다는 말이오."

"제갈가에 근종의 고수가 있다는 소문이 사실이었군."

사람들은 제갈가의 후계자가 목숨을 잃었다는 말보다 근종에 오른 고수가 실재한다는 부분에 더욱 신경을 쓰는 눈

빛이 되었다.

제갈선은 정체불명의 적보다 타 가문에 고수가 탄생했다는 말에 반응을 보이는 수장들의 모습에 부아가 치밀어 올랐다. 강호에 문제를 일으킬 수 있는 세력이 나타났음을 이야기하고 당문 혈사와 관련이 있을지도 모르는 그들의 정체를 파악하고자 회의를 소집했던 제갈선은 각파 수장들의 미온적인 반응에 허탈감을 감추지 못했다.

"다들 왜 이러는 것이오? 사태의 심각성을 진정 모르는 것이오, 아니면 모르는 척하고 싶은 것이오?"

제갈선은 수장들의 저의를 모르겠다는 듯 깊은 한숨을 쉬었다.

"제갈 가주의 말을 믿지 못해 이러는 것이 아니오. 정체를 알 수 없는 암중 세력이 등장했다는 말도 충분히 수긍할 수 있소."

제갈선은 '그런데 왜?'라는 표정을 지었다.

"하지만 아무리 생각해봐도 납득이 가지 않는 건 어쩔 수 없는 일 아니겠소."

"납득이 가지 않다니, 그건 또 무슨 소리요?"

제갈선은 도무지 뭐가 문제인지 모르겠다는 듯 수장들을 바라봤다.

"가주의 말에 따르면 세가를 공격했던 자들의 수괴로 보이는 자가, 아니지. 다시 말하겠소. 근종에 오른 제갈곽 장로를 물리친 자의 나이가 서른 초반으로 보인다 했는데, 상식적으로 그 나이에 근종에 오른 고수를, 그것도 강호 경험이 풍부한 연륜 있는 고수를 물리쳤다는 게 납득이 되지 않는단 말이오."

"내가 없는 소리라도 한다는 것이오?"

 제갈선은 '솔직해지시지?' 하는 눈빛으로 자신을 바라보는 수장들의 태도에 피가 거꾸로 도는 느낌을 받았다. 자식을 잃고 가문의 식솔들까지 목숨을 잃은 상황에 뭔가 다른 생각이 있는 것 아니냐며 추궁하듯 질문을 던지는 수장들의 모습에 기가 막힌 것이다.

 '평화가 길었다고는 하나 이렇게까지 자기 잇속만 챙기다니……. 이를 어떻게 한단 말인가.'

 제갈선은 수장들의 태도에 답답함을 금치 못했다. 그러나 자신 역시 당문의 생존자들을 이용해 잇속을 챙기려 험한 꼴을 당한 터라 대놓고 그들을 타박하지도 못했다. 지금 이 상황에 아무리 옳은 소리를 해봤자 '당신부터 잘해.' 라는 말밖에는 듣지 못할 게 뻔했다.

 각파의 수장들은 무림인들의 활동 제한이 풀리기 시작한 지금이야말로 그동안 움츠리고 있던 몸을 길게 펼 때라고 생각했고, 타파의 문제나 고통은 자파의 성장에 도움이 된다고 생각하고 있는 상황이었다.

 겉으로는 태연한 척 '솔직히 말하시오.' 를 반복하고 있었지만, 속마음까지 그런 것은 아니었다.

 다른 문파나 세가들에 비해 무력이 약하다고는 하지만, 제갈가 역시 수백 년의 역사를 이어온 당당한 무림 세가였다. 그런데 정체도 모르는 자들에게 가문이 쑥대밭이 됐다면 자신들 역시 언제고 그런 꼴을 당하지 말라는 법이 없지 않은가 말이다.

 시큰둥한 모습을 보이곤 있었지만, 사실 당문이나 제갈가의 비극이 모두에게 큰 경각심을 일으킨 것이다.

 그러나 호들갑을 떨며 어쩌면 좋냐는 등의 약한 모습은 죽어도 보이기 싫었고, 당문이나 제갈가처럼 아닌 밤중에 홍두께처럼 벼락을 맞는 일은 더더욱 사양이었다.

 회의가 마무리되면 당장 문파 회의를 소집해 정보를 모으고 정체불명의 적이 누구인지, 또 어떤 목적을 가지고 그런 일을 벌이는지 철저히 조사를 들어갈 참이었다. 단지 그 정보를 공유한다거나, 암중 세력의 존재에 대비하는 등의 모습은 보이지 않을 생각이었다.

 황제가 무림인들의 활동을 보장한다는 말이 나옴과 동시에 무한 경쟁에 돌입한 무림 문파들의 현주소가 그대로 드러난 것이다.

 "끙."

 제갈선의 입에서 앓는 소리가 흘러나오자 몇몇 수장들이 다시 입을 열었다.

"제갈가를 공격했다는 자들 말입니다."

"……."

"수괴를 제외한 나머지는 어느 정도 실력을 지닌 것 같더이까?"

제갈선은 은근히 적들의 힘을 통해 제갈가의 능력이 어느 정도인지 파악하려 드는 수장들의 태도에 콧방귀를 뀌었다. 처음엔 당치도 않다는 듯 자신의 말을 흘려듣는 통에 부아가 치밀었지만, 어느 정도 마음을 가라앉히고 나니 수장들이 무슨 생각을 하고 있는지 대충 감이 잡힌 것이다.

'그래, 이런 식으로 정보전에 들어가자는 거군.'

제갈선은 적들의 규모와 능력을 통해 제갈가의 힘을 가늠하려는 것이 눈에 보이자 입을 다물어버렸다. 자신의 억울함을 풀기 위해 공동 대처를 외쳤던 제갈선이지만, 아무런 소득도 얻을 수 없게 되자 더 이상 할 말이 없었다. 괜히 어설프게 떠들어봤자 비교 평가만 당할 것이고, 차후 협력 관계나 공동으로 추진하는 일의 이익 분배에서 불리한 입장이 될 수도 있음을 인지한 것이다.

"내가 알고 있는 것은 이미 모두 털어놓았소. 그들의 목적이 무엇인지는 모르겠지만, 다들 조심하는 게 좋을 것이오."

제갈선은 더 이상 할 말이 없다는 듯 자리를 털고 일어나더니 밖으로 나가버렸다.

'미련한 자들. 그렇게 흩어져서 잘들 해봐라. 남궁철 그 친

구와 제일흥신소에나 가봐야겠군.'

 가문에 벌어진 일 때문에 속이 문드러질 지경이었지만, 그나마 둘째 딸 현선 덕분에 숨통이 트인 제갈선이었다.

 '제일흥신소. 그의 후예라면 희망을 가져 봐야지.'

 40년 전 제일흥신소를 기억하는 몇몇 수장들에게 관치의 이야기를 해줄까 생각도 했지만, 이미 그런 마음은 저 멀리 사라져 버린 제갈선이었다.

제1장. 출이반이 (出爾反爾)

출이반이(出爾反爾)

-너에게서 나온 것은 너에게로 돌아온다.

자기가 뿌린 씨는 자기가 거두게 된다.

"정말 이길 수 있겠어요?"

대뜸 관치의 입술을 훔쳤던 현선은 무슨 일 있었냐는 듯 다시 괴인을 가리켰다.

"꼬맹아, 엉뚱한 짓에 정신 팔리면 비명횡사하는 수가 있다."

관치는 '지금 뭐 하는 짓이냐.'는 듯 현선을 바라봤다.

"헤헤, 입맞춤 한 번도 못해보고 죽긴 좀 억울하잖아요."

현선은 어쩔 수 없었다는 듯 어깨를 으쓱거렸다.

"죽긴 누가 죽는다고."

관치는 어이가 없는지 고개를 저어버렸다.

"방금 그랬잖아요. 힘들 수도 있겠다고."

"그럼 네 눈엔 쉬워 보이냐?"

"누가 쉬워 보인데요?"

현선은 은근히 시비조로 툴툴거리는 관치의 태도에 잔뜩 볼을 부풀렸다.

'쳇, 기껏 첫 경험을 나눠줬더니.'

그녀는 불만 가득한 눈빛으로 관치를 바라보다가, 석상이라도 된 듯 꼼짝도 하지 않고 있는 괴인 쪽으로 정신을 집중했다.

관치가 봉두난발한 괴인을 향해 입을 열었다.

"뉘신데 남의 집 곳간에서 귀신 놀음이시오?"

"……."

"흠, 말을 하기가 싫은 것이오?"

관치는 아무런 대답도 하지 않고 자신만 바라보는 괴인의 모습에 답답한 표정이 되었다. 겨우 귀신 하나 퇴치하는 데 목숨까지 걸고 싶지는 않았기에 할 수만 있다면 대화로 문제를 해결하고 싶었다.

"그러지 말고 뭐라 말 좀……."

"누구냐, 넌?"

"나는……."

관치는 괴인의 입에서 흘러나온 질문에 대답을 하려다 생각이 바뀌었는지 다시 입을 열었다.

"사고 친 사람이 먼저 답하시오. 뉘시오?"

"나는… 기억이 나지 않는다."

"기억이 나지 않는다니, 그게 무슨 말이오?"

관치는 스스로 누군지 모르겠다는 괴인의 말에 '설마' 하는 표정을 지었다.

"모른다. 내가 누구인지."

"좋소. 스스로 누군지 모른다 하니 더 이상 묻지는 않겠소. 하지만 왜 이곳에 나타나 사람들을 괴롭히는지 그거는 좀 압시다."

관치는 정체보다는 귀신 놀이를 하는 이유가 더 궁금하다며 다시 질문을 던졌다.

"배가……."

"잘 안 들리는데 다시 말해주겠소?"

"배가 고파서……."

관치와 현선은 곳간에 나타난 이유가 주린 배를 채우기 위해서였다는 괴인의 말에 잠시 넋 나간 표정을 지었다.

"지금 그걸 말이라고 하는 건가요?"

현선은 웃기지 말라는 듯 언성을 높였다.

"배가 고팠을 뿐이다. 그래서 이곳에 왔다."

솔직히 고백하라는 현선의 말에 괴인의 시선이 관치를 떠나 현선 쪽으로 이동했다.

"지금도 배가 고프다."

괴인은 관치와 현선 때문에 목적을 달성하지 못한 것이 불만이었는지 음성이 살짝 거칠어졌다.

"하지만!"

"꼬맹이, 거기까지만 해라."

관치는 말도 안 된다며 언성을 높이려는 현선의 입을 틀어막았다.

"그래서 뭘 먹고 싶은 것이오?"

관치는 연방 배가 고프다는 괴인을 향해 소원이라도 들어줄 듯 질문을 던졌다.

"배가 부르면 된다."

"그러니까 주린 배만 채우면 다른 건 관심이 없다, 이 말이오?"

"왜 관심을 둬야 하지?"

괴인은 오히려 이해를 못하겠다는 듯 관치를 바라봤다.

"배가 부르면 어디서 뭘 하고 지내시오?"

"배가 부르면… 배가 고플 때까지 그냥 있다."

-오라버니, 저 사람 미친 것 같지 않나요?

현선은 세상사 배고픈 것을 제외하고는 아무런 관심도 없다는 듯 이야기하는 괴인의 모습에 전음을 날려 보냈다.

관치는 현선의 전음에 고개를 끄덕이더니 다시 입을 열었다.

"나와 함께 갑시다."

"싫다."

"내가 배부르게 먹을 걸 주겠소. 그러니 함께 갑시다."

"……."

"일단 뭐라도 먹어야 계속 이야기를 할 것 아니오?"

"나를 잡아가는 것이냐?"

잠시 고민하는 듯 보이던 괴인이 다시 입을 열었다.

"아니요. 그냥 배가 고프다니 먹을 걸 주고 싶을 뿐이오. 곳간에서 쌀이나 훔쳐 먹는 것보다 편하고 맛도 좋을 것이니 함께 가는 게 어떻겠소."

-소장님 미쳤어요? 저 사람이 어떻게 돌변할지 모르잖아요.

현선은 괴인을 데리고 가겠다는 관치의 말에 눈을 동그랗게 떴다.

-꼬맹이는 조용히 구경이나 해.

관치는 괴인과 싸우지 않고 일을 해결할 수만 있다면, 해결할 방법이 존재한다면 무조건 그쪽 방법을 사용하고 싶었다. 아무리 고민을 해봐도 자신의 능력으로는 제압이라든가 붙잡을 수 있는 자가 아니었다. 목숨을 걸고 붙는다 해도 솔직히 이길 수 있다는 장담이 생기질 않았다.

-내 말도 좀 들어줘요!

현선은 입 다물고 있으라는 관치의 말에 잔뜩 화난 목소리가 되었다.

-네 숙부라는 제갈곽 다섯 명 정도가 모여도 잡을 수 없는

괴물이다. 꼭 여기서 목숨을 걸어야 속이 시원하겠냐?

관치는 괴인의 능력이 어느 정도인지 알아먹기 쉽게 설명을 해줬다. 현선은 곽 숙부 같은 사람이 다섯은 있어야 동수라는 말에 입이 쩍 벌어졌다.

'말도 안 돼. 곽 숙부님은 근종의 고수인 데다 조금만 더 시간이 흐르면 종사의 경지에 오를 분이라고 했어. 그런데 그런 분이 다섯이나 있어도 붙잡을 수 없다고?'

현선은 말도 안 된다는 듯 관치를 바라봤다.

―소장님이 그걸 어떻게 알아요?

현선은 관치가 생각보다 강하다는 걸 느끼고 있었지만, 아무리 그렇다 해도 무림에 몇 안 되는 강자의 능력을 아무렇지도 않게 폄하할 실력은 아니라고 생각했다.

"갑시다. 여기서 계속 이러고 있어봤자 먹을 게 나오는 것도 아니고."

"음… 내가 따라가면 계속 먹을 걸 줄 수 있나?"

괴인은 관치를 따라가 한 끼 해결하는 것보다 꾸준히 일용할 양식을 구하는 게 더 중요하다는 듯 질문을 던졌다.

"물론이오. 하루 세 끼 꼬박 먹여 줄 테니 같이 갑시다."

"저, 정말이냐?"

관치는 괴인의 말에 고개를 끄덕이더니 다시 입을 열었다.

"단! 내 말에 잘 따라주어야 하오."

"그러니까 네 말을 들으면 밥은 언제든 먹을 수 있다, 이런 뜻이냐?"

 관치는 당연한 걸 묻는다며 어서 가자고 손짓을 했다.

 괴인은 믿어야 할지 말아야 할지 모르겠다는 듯 주춤거리다가, 결국 관치를 따라 움직이기 시작했다.

 창고 건너편에서 가슴을 졸이고 있던 오 집사는 관치가 모습을 드러내자 '오오!' 하는 표정이 되었다.

 "마님, 그자가 돌아오고 있습니다."

 오 집사는 나이가 지긋한 노부인을 향해 입을 열었다.

 "당연히 그렇겠지."

 "네?"

 "아니다. 그자가 귀신을 잡은 게 확실하다면 부족하지 않게 의뢰비를 챙겨 주거라."

 "네, 마님."

 오 집사는 그럴 줄 알았다는 듯 고개를 끄덕이는 노부인의 모습에 잠시 어리둥절한 표정을 짓기도 했지만, 더 이상 귀신 소동에 피가 마르지 않아도 된다는 생각에 안도의 한숨을 내쉬었다.

 노부인은 관치의 일행을 지켜보다가 두 사람의 뒤를 따르는 괴인에게 시선을 돌렸다.

 "하하하, 돈 만 맞으면 묻지도 않고 따지지도 않고 일을 처리해준다는 말에 반신반의했는데 이거 정말 대단들 하십니다."

 과대광고라 생각했는데 알고 보니 그게 아니었다며 얼굴 가득 웃음을 보이는 오 집사였다.

 "당연하죠. 언제든 일이 있으면 찾아오세요. 성심성의껏 모시겠습니다."

 현선은 허리에 손까지 올리며 자신만만한 모습을 보였다.

 "하하하, 당연히 그래야죠. 그런데 귀신은 확실히 잡은 거 겠죠?"

 오 집사는 반파돼버린 창고를 바라보며 '저 난리를 피우고도 못 잡은 거라면… 손해보상을.' 청구하겠다는 듯 현선을 바라봤다.

 "무, 물론이죠. 다시는 나타날 일이 없을 테니 걱정하지 않으셔도 됩니다. 그런데……."

 오 집사는 귀신을 잡았다는 말 뒤에 묘한 눈빛을 날리는 현선의 모습에 불안한 표정을 지었다.

 "왜 그러시오? 설마 뭔가 아직도 남은 것이오?"

 "아니요. 그건 아니에요. 단지 이번 일이 생각보다 어려운 일이어서 목숨을 잃을 뻔했거든요."

 "아, 사례비는 넉넉히 챙겨 드릴 것이니 걱정하지 마시오. 마님께서 직접 명령하셨으니 결코 서운하지는 않을 것이오."

 현선은 오 집사의 말에 화색이 밝아지더니 '그럼 결제는 언제쯤?' 해주는 거냐며 다시 한 번 확인했다.

"오늘은 밤이 늦어 어려울 것이고. 내일 아침에 직접 찾아가리다."

"호호호, 알겠습니다. 그럼 오 집사님만 믿고 저희는 이만 물러가겠습니다."

"고생이 많았을 텐데 어서 가서 쉬시오."

오 집사는 피곤한 사람들을 오래 붙잡고 있었다며 미안한 표정을 짓더니, 관치 일행을 문 앞까지 배웅해주었다.

◈ ◈ ◈

우걱우걱. 후루룩. 쩝쩝쩝쩝.

관치와 현선은 가히 신기에 가까운 속도로 엄청난 양의 음식을 먹어치우는 괴인을 보며 한동안 고민에 빠졌다.

"소장님, 저 사람… 아니 저 괴물을 정말 데리고 있을 생각이에요?"

어두운 곳에서는 자세히 살펴보기 어려워 나이를 짐작하기 어려웠지만, 막상 밝은 곳에서 모습을 살펴보니 괴인은 몇 마디 말로 설명하기엔 상당히 곤란한 몰골을 하고 있었다.

봉두난발한 백발은 둘째 치고, 머리부터 발끝까지 흉터가 없는 곳이 없었다. 멀쩡한 몰골이라면 나이라도 짐작을 해

보겠지만, 백발을 하고 있다는 것을 제외하고는 흉터들 때문에 나이를 확인하는 것 역시 어려워 보인 것이다.

관치는 현선의 말에 당연하다는 듯 고개를 끄덕였다.

"아니, 무슨 생각으로……."

"힘이 세잖아."

"……."

"최소한 무력시위를 할 만한 직원은 있어야 편하지 않겠어?"

현선은 백발 괴인을 직원으로 쓰겠다는 관치의 말에 말도 안 된다며 고개를 저어버렸다.

"지금 안 보이세요? 우리 두 사람 일주일 식량이 단 한 번에 날아가고 있어요. 저렇게 하루 세끼를……."

"한 끼야. 하루 한 끼만 저렇게 먹는 것 같다."

"한 끼가 되었든 두 끼가 되었든 일주일 식량이……."

"가만히 보니 맛을 따지지 않아. 질보다 양을 선호하고 있어."

"설마, 하루 한 끼 만두만 배터지도록 먹이겠다는 뜻은 아니죠?"

"응? 왜 안 되나? 아무리 많이 먹는다 해도 만두로 처리하면 이틀 치 분량이면 한 끼 해결이 될 텐데."

"물론 그렇기는 하지만……."

요리가 아닌 밀가루 만두라면 충분히 가능한 일이었지만,

제어가 안 되는 무력 소유자를 무방비 상태로 데리고 있는 것 자체가 불안 요소였기에 현선의 표정은 여전히 밝지가 못했다.

"그런데 남궁멍은 어디 보내신 건가요?"

현선은 남궁보륜이 보이지 않자 의아한 표정을 지었다.

"아, 집에 보냈다."

"네? 어디 집을 말하는 거죠?"

"집에 가고 싶어 하는 것 같기에, 이번 의뢰인 정보만 잘 정리해오면 돌아가도 좋다고 했거든."

"……"

"왜 그런 표정이냐?"

"그럼 저 다시 말단인가요?"

현선은 은근히 남궁보륜 부리는 재미가 쏠쏠했기에 아쉬운 표정을 지었다.

"훗."

"웃지 마요!"

"잡부가 없어져서 아쉬운 모양이군."

"당연하잖아요. 그나마 청소라도 열외를 해서 며칠간 좋았는데."

"걱정하지 마. 지금쯤 돌아오고 있을 테니까."

"네?"

어떻게든 빠져나가고 싶어서 발악을 했던 남궁보륜이었

다. 그런데 다시 돌아오고 있다니 현선은 무슨 말인지 이해가 되지 않았다.

"청탁비가 한두 푼이었냐? 아마 남궁 가주가 멱살을 잡고 날아오고 있을 거다."

관치의 말이 끝남과 동시에 누군가 후원 안으로 들어오는 소리가 들렸다. 거친 숨소리와 잔뜩 화가 난 발소리, 그리고 느긋한 발소리까지 모두 세 사람이 모습을 나타냈다.

"왔네."

관치는 지금쯤 도착할 줄 알았다는 듯 현선을 바라봤다.

"가서 문 열어드려. 남궁 가주와 네 아버지가 같이 온 것 같다."

"아, 네."

현선은 아버지가 왔다는 말에 바로 몸을 일으키더니 별채 문을 활짝 열어젖혔다.

"어서 오세요."

"으응?"

막 문을 두들기려던 남궁철은 대뜸 문이 열리며 현선이 모습을 드러내자 '역시 이럴 줄 알았다.'는 듯 별채 안으로 들어왔다. 물론 그의 손엔 전신 타박상을 입고 반쯤 정신을 잃은 남궁보륜이 들려 있었다.

"이보게, 소 소장, 이건 아니지 않은가."

남궁철은 '받아먹은 게 있으면 이래선 안 되지!' 하는 표

출이반이(出爾反爾) • 31

정을 지으며 남궁보륜을 바닥에 던져 버렸다.

"오셨습니까. 기다리고 있었습니다."

"기다리고 있었다니. 그럼 처음부터 이럴 줄 알고 이 아이를 내보낸 것인가?"

남궁철은 잔뜩 화가 난 표정으로 관치를 바라봤다.

"현실을 인정하려면 시간이 걸리지 않겠습니까?"

"무슨 뜻인가?"

"말 그대로입니다. 스스로 인정하지 못하는데 무슨 방법이 있겠습니까."

관치는 바닥에 쓰러져 신음을 흘리고 있는 남궁보륜을 보며 다시 입을 열었다.

"명문의 자제가, 그것도 미래가 창창한 젊은 후기지수가 기껏해야 심부름이나 해대는 홍신소에 몸을 담근다는 게 쉽지는 않다는 뜻입니다."

관치는 스스로 자신의 처지를 자각하지 못하는 이가 어찌 새로운 삶을 인정할 수 있겠냐며 남궁철을 바라봤다.

"저 아이를 내치기라도 하라는 뜻인가?"

"돌아갈 곳이 있는 사람은 희망을 버리지 않는 법입니다."

남궁철은 단호한 표정으로 자신을 바라보는 관치를 보며 신음성을 흘렸다.

남궁보륜은 더 이상 말을 하지 않고 자신을 바라보는 할아버지의 모습에 '설마' 하는 표정을 지었다.

"그렇군. 나도 돌아갈 곳이 없어지는 바람에 삶이 치열해지긴 했지."

"그러셨습니까? 그렇다면 더 잘 아시겠습니다."

"하, 할아버지."

남궁보륜은 지금 무슨 말이 오가는지 이해를 못하겠다며 애절한 눈빛으로 남궁철을 바라봤다.

"족보에서 지우겠네."

"남궁가에 보륜이란 이름을 가진 사람이 오늘부로 사라지는 겁니까?"

"지금 이 시간부터 보륜이라는 이름은 남궁가와 무관하네."

남궁철은 망설임 없이 고개를 끄덕였다. 가문의 성세와 배경이 도움이 되지 않는다면 없애버리면 그만인 것이다.

"좋습니다. 앞으로 남궁보륜은 없습니다. 가주께서 뿌리신 씨는 언제고 수확할 날이 올 것입니다."

제갈선은 딸아이도 볼 겸 제일흥신소에 찾아왔다가 관치와 남궁철 사이에 오가는 대화를 듣고 뭔가 깨달은 바가 있는지 크게 고개를 끄덕였다.

"새 술은 새 부대에 담는 게 맞지. 그래, 그게 맞아."

제갈선은 매몰찰 정도로 자신의 핏줄을 몰아세우는 남궁철이 지독하다는 생각이 들면서도, 다음 세대 역시 발전을 거듭할 남궁가의 모습이 손에 잡히는 듯했다.

"할아버지… 어찌 그런 말씀을 하시는 겁니까. 제가 할아버지의 뜻을 이해하지 못하고 잘못된 행동을 했다면 죄를 달게 받겠습니다. 하지만 가문에서 지우시겠다는 말씀은……."

남궁보륜은 도대체 왜 자신이 이런 일을 당해야 하는지 도저히 이해를 할 수가 없었다.

"스스로 깨달으면 모든 게 이해가 될 것이다."

남궁철은 어떤 말도 해줄 생각이 없다는 듯 고개를 돌려버렸다.

무너졌던 가문을 일으켜 세우고 누구도 무시 못 할 성세를 이룩해냈다. 그러나 자신이 만들어놓은 성세와 힘 때문에 미래를 이끌어야 할 아이들이 유약해진다면 남궁가는 사상누각이나 다름이 없는 것이다.

남궁철은 원망 어린 눈빛으로 자신을 바라보는 손자의 모습을 외면할 수밖에 없었다.

"이쪽으로, 아니 저쪽으로 앉으세요."

현선은 어색한 분위기를 풀어볼 요량으로 자리를 청하다가 고개를 저으며 반대편 자리를 가리켰다. 평소 모두가 함께하던 자리는 정체불명의 식귀가 난장판을 만들어놨기 때문이다.

남궁철과 제갈선은 꾸역꾸역 그릇에 담긴 음식을 입에 밀어 넣고 있는 백발 괴인을 발견하더니, '저자는 누구냐?' 하는 눈빛으로 현선을 바라봤다.

"소장님에게 물어보시는 게 빠를 것 같습니다."

현선은 백발 괴인과 함께 지내는 것에 여전히 불만이 가득한 상태였기에 말을 하고 싶은 생각이 없었다.

"험험. 소 소장, 저 사람은……."

"새로운 직원입니다. 흥신소 완력 담당입니다."

"완력이라면… 힘쓰는 일 말인가?"

제갈선은 호기심 어린 눈빛으로 괴인을 바라보며 질문을 던졌다.

"물론입니다. 다른 사람들에 비해 식욕이 과한 것을 제외하고는 쓸 만한 직원입니다."

관치는 현선의 반대는 아랑곳하지 않고 백발 괴인을 흥신소 직원으로 소개해버렸다.

"소장님!"

현선은 제발 말 좀 들으라는 듯 관치를 바라봤다.

"억울하면 꼬맹이 네가 소장하든지."

"……."

"그것도 싫으면 그만둬. 누누이 말했지만 말 안 듣는 직원은 필요 없으니까."

관치는 '너라도 특별하단 생각은 버려.'라는 눈빛을 날리더니 남궁철과 제갈선이 앉은 쪽으로 함께 자리를 했다.

"험험, 내정간섭을 한다거나 그러는 것은 아니지만… 현선이 저 아이가 반대를 할 정도면 뭔가 문제가 있는 것 아닌지?"

제갈선은 자신의 딸이 저렇게 노발대발할 정도면 문제가 있는 것이라며 관치를 바라봤다.

"먹는 것 때문에 저러는 것인데……."

"한 끼에 일주일 치 식량을 먹어치우는 건 정상이 아니라고요!"

남궁철과 제갈선은 한 끼에 일주일 치 식량을 먹어치운다는 말에 놀라움을 금치 못했다.

"그것이 사실인가? 종종 상식에 벗어나는 일들이 있다고는 하지만 한 끼에 일주일 치 음식을 먹어 치운다는 말은 어디에서도 들어본 적이 없네."

남궁철은 신기하다는 듯 백발 괴인 쪽으로 시선을 돌렸다.

"말이 일주일 치지 진짜 그러겠습니까. 다른 사람보다 많이 먹기는 하지만, 꼬맹이의 말처럼 진짜 일주일 치 식량을 먹어치우거나 그러지는 않습니다."

"허허허, 그럼 그렇지. 사람의 몸이라는 게 한계가 있는 법인데."

남궁철은 제갈선을 바라보며 '딸자식을 왜 그렇게 키웠냐.'는 듯 웃음을 보였다.

"무슨 뜻인가?"

제갈선은 그가 마치 자신의 딸아이가 문제라도 있다는 양 눈짓을 날리자 '네 핏줄이나 잘 챙겨!' 하는 표정을 지었다.

"무슨 뜻이긴. 말이 되는 소리를 해야 고개를 끄덕일 수 있다는 말이지."

"지금 현선이가 거짓말이라도 하고 있다는 소린가?"

"누가 거짓말을 했다고 했나. 부풀려 이야기하는 것도 정도가 있다는 말이지."

"흥, 어리바리한 것보다는 백배 낫지."

제갈선은 멍한 얼굴로 바닥만 쳐다보고 있는 보륜을 바라보며 코웃음을 쳤다.

◎　　◎　　◎

"한마디 해도 되겠습니까?"

그동안 벙어리라도 된 듯 입을 굳게 다물고 있던 연준하의 사제 민덕수가 말을 꺼내자 사람들의 시선이 우수수 집중됐다. 쥐 죽은 듯 자리만 지키고 있었기에 한동안 함께 있는지도 모르고 있던 사람이 민덕수였다.

"문제가 있어서 말입니다."

사람들의 얼굴에 '뭐가?' 라는 표정이 드러났다.

"남궁보륜 말입니다."

사람들은 느닷없이 남궁보륜에 대한 이야기를 꺼내는 민덕수의 행동에 더욱 의아한 표정이 되었다.

"남궁보륜이 뭐가 어떻단 말이지?"

민덕수의 말에 직접적으로 반응을 보인 사람은 이야기를

들려주고 있던 관치였다.

"제가 알기로는 남궁가의 둘째 공자는 그런 사람이 아닙니다."

"그런 사람이 아니라니. 그럼 어떤 사람이라는 거야."

"지금 당신 이야기 속에서는 똥인지 된장인지 개념도 못 잡는 바보로 나오고 있지 않습니까."

"그래서?"

"내가 들은 남궁보륜은 이야기 속의 남궁보륜처럼 덜떨어지지도 않았고, 함부로 행동하는 가벼운 사람도 아니었습니다. 그렇지 않습니까, 남궁 가주님?"

민덕수는 이야기 속의 남궁보륜이 아니라 실제 남궁보륜에 대해서 말해달라는 듯 남궁철을 바라봤다.

내심 자신의 손자 이야기에 불편한 심정이었던 남궁철은 민덕수의 말에 '옳거니.' 하는 표정을 짓고 있었다. 그러나 막상 오해를 풀어달라는 민덕수의 말엔 선뜻 대답을 하지 못하고 머뭇거리는 태도를 보였다.

그에 결국 입을 연 사람은 남궁철이 아니라 제갈선이었다.

"이보게, 어디서 무슨 이야기를 들었는지는 모르겠지만 지금 이야기 속에 나온 내용은 실제로 있었던 일이네. 나 역시 그 자리에 있었던 사람이니 자네의 말은 신빙성이 없네."

제갈선은 웃기지 말라는 듯 민덕수를 바라봤다.

"설사 그날 그런 일이 있었다고 해도 그 자체로 사람을 평가할 수는 없는 것 아닙니까. 사실 누구라 할지라도 그렇게 황당한 상황에 처하고 나면 억울하고 어이없어지는 게 당연한 일 아니겠느냐, 이 말을 하고 싶은 겁니다. 자칫 남궁보륜 그 사람의 모든 평가가 단편적인 이야기 때문에 엉뚱하게 비쳐지는 건 문제가 있다고 생각합니다."

"자네의 말에도 일리가 있네만……."

제갈선은 남궁철에게 시선을 돌리며 말을 흐렸다. 직접적으로 남궁보륜이 어떤 사람인지는 누구보다 잘 알고 있는 사람이 남궁철이었다.

"내 손으로 손자를 잡아넣고 그런 일을 벌인 것은 분명한 사실이네. 하지만 자네 말대로 보륜이가 어설프고 바보 같은 아이는 아니라네. 무림의 후기지수들처럼 그 아이도 충분히 능력이 있고 영민하다는 것은 누구도 부인할 수 없는 사실이네. 하지만 문제는 제일흥신소를 운영하고 있는 현(現) 소장과 연관이 된다면 아무리 날고기는 후기지수라 할지라도, 아니 노회한 무림 고수라 할지라도 인생이 고약하게 꼬인다고 말하는 것이 더 정확할 것이네."

사람들은 관치와 엮이게 되면 인생이 고약하게 꼬인다는 남궁철의 말에 '믿어야 하나?' 하는 표정들이 되었다. 그러나 다른 사람도 아니고 남궁세가의 가주 입에서 흘러나온 말이니 '에이, 설마.' 하기도 어려운 상황이 되어버렸다.

"남궁 가주님 말씀대로입니다. 저 역시 별일 아니라는 말에 이렇게 따라나섰다가 오도 가도 못하는 상황이 되어버렸으니 말입니다."

민덕수는 이런 상황은 전혀 예측하지 못했다는 듯 억울한 표정이 되었다.

민덕수가 침울한 표정을 지으며 고개를 숙이자 막사 안에 있던 이들의 표정이 어두워졌다. 남궁철과 민덕수의 말이 사실이라면 오늘 이 야기를 듣고 있는 자신들 역시 제일흥신소 소장 소관치와 연관이 된 거나 마찬가지기 때문이다.

"그런 식으로 따진다면 관치 그 사람을 알고 있는 이들은 모두 인생이 복잡해진다는 말인데, 그건 억측이라고 생각됩니다."

민덕수와 남궁철의 대화를 듣고 있던 임표표가 무조건 그렇게만 볼 수는 없다는 듯 부정적인 반응을 보였다.

"하긴, 그렇게 따지자면 제일흥신소에 일을 의뢰한다는 것 자체가 재앙이라는 뜻인데, 임 소저의 말대로 지나친 억측 같군요."

진하석은 언제나 그렇듯이 이번에도 임표표의 편을 들며 '그렇지 않냐.' 는 듯 표사와 쟁자수들을 바라봤다.

"제 생각에도 그렇습니다. 진 표두님이나 임 소저의 말이 맞는 것 같습니다."

"내 말이."

"사실 비약이 심하긴 했어. 그렇게 따지면 관치 그 친구가 있는 지역은 말 그대로 지랄이라도 맞은 것처럼 소란스럽단 뜻인데, 그렇게 되면 누가 숨이나 쉬고 살겠어."

표사들과 쟁자수들은 다투다시피 진하석의 말에 맞장구를 쳤다.

"말을 꺼낸 김에 한마디 더 하죠. 제갈현선은 언제 뺨을 맞는 거죠?"

임표표는 관치에게 입을 맞춘 제갈현선을 용서할 수 없다는 듯, 기어코 그 이야기를 들어야겠다는 표정을 지었다.

"그건……."

임표표의 말에 관치가 난감한 표정을 짓자 제갈선이 나섰다.

"아미의 제자라고 했던가?"

"네, 그렇습니다."

"어차피 이야기일 뿐인데 그렇게 민감하게 반응할 필요가 있겠는가?"

"……."

임표표는 현선이 제갈선의 딸이란 사실을 잠시 망각하고 있었는지 '아차' 하는 표정이 되었다. 자신의 생각만 하다 보니 직접적으로 연결이 되어 있는 사람이 함께 자리하고 있다는 것을 간과한 것이다.

"일단 뒷이야기를 계속 들어보세."

"……."

제갈선은 임표표가 대답을 하지 않고 버티자 다시 입을 열려고 했지만, 먼저 끼어든 목소리에 기회를 놓쳐 버렸다. 민덕수처럼 조용히 이야기를 경청하던 손소민이 나선 것이다.

"임 소저."

"네."

"관치 그 사람에게 벌어진 일들, 특히 여인과 관계된 일이라면 당신보다 내가 더 민감해요."

"……."

"제갈 가주님의 말씀처럼 이야기는 이야기로 듣는 게 어떨까요? 사실 입맞춤 정도에 민감한 반응을 보일 필요까지는 없지 않겠어요?"

"당신……."

손소민의 말에 사람들의 고개가 절로 끄덕여지자 임표표는 눈썹을 찡그렸다.

-당신의 정체, 밝혀내고 말겠어.

임표표는 대놓고 말하진 못하고 손소민을 향해 전음을 날렸다.

손소민은 임표표의 전음에 엷게 미소를 지어 보이더니 관치에게 시선을 돌려 버렸다. 계속 이야기나 듣겠다는 표정이었다.

제2장. 차계기환(借鷄騎還)

차계기환(借鷄騎還)

-닭을 빌려 타고 돌아간다는 뜻으로,
  손님을 박대하는 것을 비꼬는 데 인용하는 말

 두 가주와 이야기를 나누던 관치는 백발 괴인의 식사가 마무리되자 웃음 띤 얼굴로 말을 건넸다.
 "많이 드셨습니까?"
 "배가 부르다."
 "좋소. 앞으로도 그렇게 계속 배불리 먹을 수 있을 것입니다."
 "배불리 먹는 대가로 뭘 해주면 되지?"
 괴인은 반쯤 넋이 나간 것 같으면서도 본질적인 대화에는 남들보다 더 명석한 반응을 보였다.
 '특이한 사람이다. 기억에 문제가 생긴 것 같은데. 주화입마라도 걸린 것일까?'

"이름은 기억도 못하는 분이 분위기는 기가 차게 파악하십니다."

"기억이 없고 배가 고프긴 하지만 바보는 아니다."

"물론 그러셔야죠. 이번 기회에 기억을 찾을 때까지 함께 지내는 것은 어떻습니까?"

"네 일을 도우면서?"

"비용은 확실히 쳐드리겠습니다."

"여긴 무슨 일을 하는 곳이지?"

"문제가 있는 사람들이 찾아오는 곳입니다. 문제에 걸맞은 비용을 받고 일을 처리해주는 것이 이곳의 업무입니다."

괴인은 관치의 말에 잠시 고민을 하는가 싶더니 고개를 끄덕였다.

"좋다. 내가 누군지 기억이 날 때까지 그렇게 하도록 하지."

"제일흥신소 소장 관치라고 합니다. 앞으로 잘 부탁드립니다."

"나는… 일단……."

"그냥 영감님이라고 부르겠습니다."

"그것도 나쁘진 않군."

관치는 백발 괴인의 대답에 고개를 끄덕이더니 남궁보륜을 가리켰다.

"첫 번째 일입니다. 어디 부러지거나 하면 안 됩니다."

"패라는 소리군."

"그렇죠."

남궁철은 느닷없이 보륜을 패라고 요구하는 관치의 행동에 엉덩이가 반쯤 움직였다가 다시 자리에 눌러앉았다. 부러지지만 않으면 된다는 말은 백발 노괴의 능력이 상당하다는 뜻이었다.

제갈선은 봉두난발의 백발 노괴를 꼼꼼히 살펴보기 시작했다. 남궁가의 후기지수를 팰 수 있다는 뜻은 그저 그런 낭인은 아니란 말이었고, 그렇다면 최소 결실(結實)을 이룬 절정급의 무인이라는 소리였다.

'하지만 낭인들 중에 결실을 이룬 자는 거의 전무하다고 알고 있는데……'

남궁보륜은 기름기 잘잘 흐르는 손으로 자신을 잡으려 하는 백발 노괴의 모습에 기겁한 표정을 지으며 후다닥 물러섰다. 아니, 물러섰다고 생각했다.

턱.

"어어?"

엉겁결이긴 했지만 노인네 손에 붙잡힐 정도로 어설프게 움직이지 않았던 남궁보륜은 '어어' 소리를 내며 백발 노괴를 떨쳐 내려 부지런을 떨었다.

"대단하군."

"동감하네."

남궁철과 제갈선은 백발 노괴의 기괴한 금나수법에 놀라움을 금치 못했다.

물론 자신들 역시 남궁보륜을 잡아 흔들고자 한다면 못할 것도 없었다. 하지만 백발 노괴처럼 아무렇지도 않게 파리 잡듯 쥐고 흔들기는 쉬운 일이 아니었다.

"이거 안 놔!"

남궁보륜은 빠져나가려 발악하면 할수록 몸이 빙글빙글 돌기만 할 뿐, 그 이상 움직일 수가 없자 결국 악을 쓰기 시작했다.

퍽! 퍽! 퍽!

주기적으로 들려오는 구타음.

백발 노괴는 남궁보륜의 소맷자락을 잡은 상태로 물레방아 절구 찍듯이 기계적으로 남궁보륜을 패기 시작했다.

제갈선과 현선은 백발 노괴의 움직임에 놀라움을 금치 못한 얼굴이었고, 남궁철은 퍽퍽 소리가 날 때마다 가슴이 먹먹해지는 느낌을 받아야 했다. 내쳤다고 큰소리는 쳤지만 그게 진심은 아니었기에 손자의 수난이 자신의 고통처럼 느껴진 것이다.

한 식경 가까이 계속되던 백발 노괴의 구타는 그만 해도 되겠다는 관치의 말이 나옴과 동시에 뚝 멈췄다.

"영감님, 그 정도면 됐습니다."

"정말? 이 정도면 된 건가?"

백발 노괴는 은근히 손맛을 느끼기 시작했는지 아쉬운 눈빛을 보였다.

"날마다 그 정도 패주시면 됩니다. 오늘은 충분하니 그만하셔도 됩니다."

　겨우 살았다며 숨을 고르고 있던 남궁보륜은 날마다 그 정도 팰 거란 관치의 말에 얼굴이 누렇게 떠버렸다.

　홍신소를 나와 거처로 돌아가던 남궁철과 제갈선의 머릿속엔 오만 가지 생각들이 교차했다. 아무리 과거 제일홍신소의 능력이 무시무시하다고 해도 그건 어디까지나 과거라 생각했다.

　'전대 소장보다 더 괴물 같은 놈이 자리를 잡은 것 같군.'

　'도대체 어떻게 하면 후임을 저렇게 키울 수 있는 거야.'

　제갈선은 첫 단추를 잘 끼웠단 생각에 안도의 한숨을 내쉬었고, 남궁철은 세월이 흘러도 변치 않는 제일홍신소의 능력에 질투와 선망의 감정이 동시에 일어났다. 말이 홍신소지, 저 정도 역사와 능력이라면 이야기책에서나 등장하던 신비의 일인전승 문파나 다름없는 상태였다.

　두 사람이 돌아가고 얼마 지나지 않아 황금 전장의 오 집사가 모습을 나타냈다. 의뢰비를 들고 찾아온 것이다.

"어서 오세요."

오 집사를 가장 반갑게 맞이한 것은 이번에도 현선이었다. 그렇지 않아도 돈이 바닥을 보이고 있던 차라 오 집사의 등장은 어둠 속에 여명이 깃드는 것과 같았다.

"일찍 오려고 했는데 조금 늦었습니다. 많이 기다리셨습니까?"

 오 집사는 아침 일찍 온다고 약속했던 것 때문에 혹시 문제가 생기진 않았나 걱정스런 눈빛을 보였다.

'이상하네. 귀신도 잡았겠다, 아니 치워줬겠다, 실컷 웃어도 부족할 판에 얼굴이 왜 이렇게 울상이지?'

 현선은 오 집사의 이상한 반응에 '혹시 돈이 없다는 거 아냐?' 하는 불안한 생각이 들었다. 평소 부족함 없이 자라온 현선이었지만 언제부턴가, 아니 관치와 함께 움직인 뒤로는 언제나 쪼들리고 불편한 생활이 지속되었기 때문에 자신도 모르게 돈에 대한 집착이 강해지고 있었다. 거기다 아예 주변인으로 구경이나 했으면 모를까, 관치를 도와 일을 시작한 이상 작은 문제라도 그냥 넘어갈 수가 없게 되었다.

"의뢰비는……"

현선은 일단 돈 이야기부터 꺼냈다.

"아, 의뢰비는 여기."

오 집사는 품에서 전표 한 장을 꺼내들었다.

"전표는 조금……"

현선은 현금이 아닌 전표를 꺼내들자 불편한 듯한 표정을 지었다.

"전표는 받지 않는 겁니까?"

오 집사는 현선의 안색이 좋지 않게 변하자 떨떠름한 표정이 되었다.

"그게 아니라, 돈을 쓰기가 좀 불편해서……. 다시 환전도 해야 하고. 그러자면 수수료도 들어갈 것이고……."

"아, 그 생각을 못했군요. 그렇다면 다시 환전을 해서……."

오 집사는 꺼내들었던 전표를 다시 품 안으로 넣으려 했다.

"감사히 받겠습니다."

현선은 오 집사의 품 안으로 사라지려는 전표를 움켜쥐더니, 번거로워도 어쩔 수 있냐는 듯 알아서 하겠단 표정을 지었다.

"금액은 확인을 안 하시는 겁니까?"

오 집사는 일단 챙기고 보는 현선의 모습에 의아한 표정을 지었다.

"아, 그렇죠. 확인을 해야죠. 어디 보자."

현선은 전표를 펼쳐들더니 적혀 있는 금액을 확인하기 시작했다.

"그러니까… 금자 백 냥?"

현선은 자신이 생각했던 것보다 큰 금액이 적혀 있자 어리둥절한 표정을 지었다. 오 집사는 현선의 표정이 또다시 흔들리자 급히 말을 이었다.

"만족할 만한 금액이 아닙니까? 그래도 성의를 보인다고……."

"아, 아닙니다. 이 정도면 적당하죠. 앞으로도 일이 있으면 언제든 방문을 해주십시오."

현선은 당치도 않다는 듯 손을 내젓더니 전표를 품 안에 쑤셔 박았다.

'대, 대박이다! 이 정도 금액이면 펑펑 써도 삼 년은 놀고먹겠다.'

현선은 자신이 상상했던 것보다 흥신소라는 곳의 수익이 엄청나다는 것을 알게 되자 눈빛이 바뀌었다.

'설마 해결사들이 다들 이렇게 많은 돈을 버는 것인가.'

자신이 살던 곳과는 완전히 다른 세상에 발을 담금과 동시에 개인이 감당하기 힘든 돈을 만지게 되자 별의별 생각이 다 들었다. 말이 금자 백 냥이지, 세가에서도 함부로 할 수 없는 크기의 돈인 것이다.

'이렇게 한 일 년 발품을 팔면…….'

제갈현선은 머릿속에서 황금 덩이가 우수수 쏟아지는 소리가 들리는 것 같았다.

"저 그런데 말입니다."

"……."

"아가씨."

"……."

"추가로 의뢰할 것이 있어서 그러는데……."

"네… 네? 의뢰요?"

엉뚱한 생각에 멍한 표정으로 앉아 있던 현선은 '의뢰' 라는 말에 정신이 번쩍 들었다.

"네. 새로운 의뢰 내용이 하나 더 있어서……."

"말씀만 하십시오. 저희 제일흥신소는 어떤 일이든 금액만 맞는다면 묻지도 따지지도 않고 깨끗하게 해결해드립니다!"

"아… 네……."

"의뢰 내용을 말씀해주십시오!"

현선은 할 수만 있다면 미친놈 똥구멍이라도 닦아줄 수 있다는 듯 열정적인 목소리로 대답했다.

"그럼 먼저 착수금을 드리도록 하겠습니다."

"착수금이요?"

"물론입니다. 보통 흥신소에서 일을 맡을 때엔 그렇다고들 하던데, 이곳은 다른가요?"

"그럴 리가요. 당연히 저희도 착수금을 받습니다. 그런데 얼마나."

"여기 있습니다."

오 집사는 이번에도 전표를 내밀었다. 현선은 전표를 받아듦과 동시에 일단 금액부터 확인했다.

'금자 오십 냥?'

현선은 계속되는 현실성 없는 금액에 멍한 표정을 지었다.
"그런데 소장님은……."
"아, 모셔오겠습니다. 이런, 손님이 오셨는데 차 한 잔도 못 드렸네요. 잠시만 기다려 주십시오."
현선은 백발 노괴와 함께 남궁보륜을 데리고 있을 관치에게 한걸음에 달려갔다.

"그래서 앞으로 너는 이름이 없다."
"그게 무슨……."
남궁보륜은 앞으로 이름이 없다는 관치의 말에 또다시 황망한 표정이 되었다.
"앞으로 무명이라고 부르겠다."
"무명(無名)이라면……."
"그래, 이름이 없다는 뜻이지."
"……."
남궁보륜은 할 말이 없다는 듯, 정말 그렇게까지 해야 하냐는 눈빛을 보였다.
"애절하게 바라볼 필요 없다. 너 스스로 이름을 얻을 때까진 무명이니까. 그리고 제일흥신소에서 제대로 활동하려면 그에 알맞은 능력을 갖춰야 할 거다. 어설픈 실력으로는 비명횡사만 있을 테니까. 그런 의미에서 여기 영감님이 너를 어루만져 줄 것이니 그리 알고 잘 해봐."

"소, 소장님! 무명이 되든 명이 되든 그건 받아들일 수 있습니다. 하지만 저 영감님에게 얻어맞으란 소리는……."

무기력이 무엇인지 처절히 깨달을 정도로 백발 노괴에게 얻어맞았던 남궁보륜은 끔찍한 표정을 지으며 관치의 다리를 붙잡았다. 그것만큼은 안 된다며 애절한 표정으로 관치를 물고 늘어진 것이다.

"맞기 싫으면 실력을 키우든가. 영감님 손에 붙잡히지 않을 정도가 되면 멈추도록 하지."

"하지만 영감님 실력이……."

남궁보륜은 말이 되는 소리를 해야 꿈이라도 꿔볼 것 아니냐며 관치를 원망스럽게 바라봤다.

"능력이 안 되면 죽을 때까지 그렇게 얻어맞든가."

관치는 내 알 바 아니라는 듯 고개를 돌려 버렸다.

그때 오 집사의 새로운 의뢰 요청에 한껏 고무된 현선이 방 안으로 뛰어들었다.

"소장님!"

"……?"

"대박 났어요. 대박!"

"무슨 소리야?"

"황금 전장 의뢰비가 들어왔는데 무려 금자로……."

"한 백 냥 들어왔나 보군."

"에? 그걸 어떻게……."

현선은 아무렇지도 않게 '백 냥?' 이라고 말하는 관치의 태도에 어리둥절해졌다. 은자 한 냥도 제대로 못 쓰던 사람이 금자 백 냥은 '그 까짓것.' 하는 표정을 지은 것이다.

"그런데 할 말이 그게 다야?"

"아니, 그건 아니고……."

나름 자신 때문에 이런 일을 맡아서 큰돈 만지지 않았냐며 어깨 좀 펴려던 현선은 기가 꺾였는지 목소리가 잦아들었다.

"그럼 뭔데?"

"그게, 황금 전장에서 추가 의뢰를 하겠다고 해서……."

"추가 의뢰?"

관치는 황금 전장에서 또다시 의뢰를 하고 싶어 한다는 말에 미간을 찡그렸다.

"밖에서 기다리시는데."

"알았다. 내가 이야기하지."

현선은 갑자기 쌀쌀맞은 목소리로 자신을 대하자 어떻게 행동해야 할지 갈피를 잡지 못했다.

'도대체 왜 저러는 거야?'

현선은 이해를 못하겠다는 듯 관치의 뒷모습을 바라봤다.

"제갈 소저."

현선은 자신을 부르는 보륜의 목소리에 고개를 돌렸다.

"나 좀 도와주시오. 나 좀 도와주시오."

언제나 당당하고 하늘 높은 줄 몰랐던 남궁보륜은 지푸라기라도 잡는 심정으로 현선의 옷소매를 잡았다.

"제갈 소저?"

현선은 보륜이 자신을 부르는 말에 눈 끝이 치켜 올라갔다.

"선배라고 부르라 했지."

"그렇지, 선배. 제갈 선배, 부탁이오. 나 좀 도와주시오. 이러다 제명에 못 죽겠소."

"남궁멍, 아직도 모르겠냐?"

"그게 무슨……."

"아이야, 그 녀석의 이름은 남궁멍이 아니다."

현선은 조용히 자리에 앉아 있던 백발 노괴가 입을 열자 무슨 뜻이냐며 고개를 돌렸다.

"무슨 말씀인지……."

황금 전장에서 귀신으로 불리던 백발 노괴의 정체를 알고 있는 제갈현선은 그가 입을 열 때마다 움찔 놀랐다. 봉두난발을 한 채 마귀 같은 행태를 보이던 창고에서의 모습이 잊히지 않아서이다.

"소 소장이 무명이라고 부르라 했다."

"무명이라면……."

"스스로 이름을 얻기 전엔 이름이 없다는 뜻이다."

"네……."

제갈현선은 노괴의 말에 작게 고개를 끄덕이더니 다시 남궁보륜을 바라봤다.

"어이, 무명 후배."

"……"

"살고 싶으면 알아서 기어."

"소, 소저."

"선배라고 했지."

"……"

"지금 나도 기분이 영 아니거든? 자꾸 거슬리면 죽는다."

 남궁보륜은 자신이 알던 제갈현선은 온데간데없고 웬 미친년 하나가 인상을 팍팍 쓰고 있는 모습에 입을 다물어버렸다.

 '여긴 도대체가……'

 이젠 이름도 없어져 무명이 되어버린 남궁보륜은 어떻게 적응을 해야 할지 모르겠다는 듯 이리저리 눈치를 보기 시작했다.

 현선은 무명의 모습에 피식 웃음을 보이더니 오 집사와 관치가 있는 곳으로 걸어가버렸다.

 어설픈 자세로 의자에 반쯤 앉아 있던 무명은 백발 노괴와 함께 있는 게 무서웠는지 현선을 따라 밖으로 달려 나갔다.

"의뢰는 받지 않겠습니다."

"네? 하지만 방금 직원분께서는……."

"그 아이는 결정권이 없습니다."

관치는 더 이상 황금 전장의 의뢰를 받을 생각이 없다며 의뢰 내용 자체도 듣기를 거부했다.

"하지만 상도라는 게 있는데 이런 식으로 일을 처리하는 것은……."

관치는 오 집사의 입에서 상도라는 말이 흘러나오자 눈빛이 사납게 변해버렸다.

"상도라니, 그게 무슨 뜻입니까?"

"대명천지에 선수금만 받아놓고 일은 못하겠다니, 그게 말이 된다고 생각하십니까?"

오 집사는 이런 식은 곤란하다는 듯 관치를 바라봤다.

"일을 못하겠다면 이 바닥 규칙대로 선금의 세 배를 물어주십시오. 그러면 물러가겠습니다."

관치는 자신의 허락도 없이 선금을 받아 챙겼다는 말에 얼굴이 차갑게 굳어졌다.

"오래 기다리셨죠. 차 가지고 왔습니다."

관치의 표정이 딱딱하고 굳어가던 그 순간, 현선이 웃는 얼굴로 차를 내왔다. 현선의 뒤에는 여전히 눈치를 살피고 있는 무명도 함께였다.

"제갈현선."

"네?"

차를 내려놓던 현선은 꼬맹이란 호칭이 아닌 자신의 이름을 불러주자 얼굴 표정이 미묘하게 변했다. 평소였다면 이제야 자신의 이름을 불러줬다며 즐거워할 수도 있었겠지만, 제갈현선이라는 이름을 부르는 관치의 목소리가 결코 호의적이지 않음을 느꼈기 때문이다.

"분명히 말했지."

"……."

"이곳에서 함께 일을 하고 싶다면 내 말을 듣는 게 우선이라고."

"……."

"왜, 기억이 나지 않아?"

"기억나요."

"의뢰는 내 허락이 없는 한 임의로 받지 않아야 한다고 했다."

"네……."

"그런데 왜 그랬지?"

"그건……."

관치는 천천히 몸을 일으키더니 현선 쪽으로 몸을 돌렸다.

"웃으며 대해주니 모든 게 우습게 느껴지나?"

"……."

짝!

관치는 차가운 얼굴을 하고 가차 없이 현선의 뺨을 올려쳤다. 휘청거리며 두 걸음 물러난 현선은 반쯤 넋이 나간 얼굴로 관치를 바라봤다.

"무슨 생각으로 네가 이곳에 있는지 한 번도 묻지 않았다. 하지만 물어봐야 할 것 같군."

"……."

"선수금과 오늘 받은 의뢰비 내놓아라."

현선은 품 안에 손을 넣어 두 장의 전표를 꺼내들었다. 관치에게 전표를 건네는 현선의 손이 충격을 먹은 듯 후들후들 떨렸다.

"황금 전장이 요구한 위약금이다. 꺼져라."

관치는 두 장의 전표를 오 집사 앞에 던져 놓더니 축객령을 내렸다.

"소 소장님……."

오 집사는 일이 이상하게 돌아가자 어떻게 행동해야 할지 판단이 서지 않았다. 분명히 선금을 쥐어주고 나면 어쩔 수 없이 일을 맡을 거라는 말에 그대로 따른 것인데, 오히려 사태가 악화돼버린 것이다.

"아직 볼일이 남은 것이오?"

"그게 아니라……."

"아직도 의뢰에 미련이 남아 있다면 내가 아닌 이 여인에게 청하도록 하시오."

관치는 그 말을 끝으로 안으로 들어가버렸다.

"저기… 소 소장……."

오 집사는 당황한 표정으로 관치를 붙잡으려 했지만 현선이 그 앞을 막아섰다.

"소저, 이게 어떻게……."

"죄송합니다. 제가 생각이 짧아 문제를 일으켰습니다. 오 집사님에겐 죄송하게 되었습니다만 이만 돌아가주십시오."

"소저."

오 집사는 현선마저 차가운 목소리로 축객령을 내리자 별 수 없다는 듯 전표를 챙겨들더니 별채 밖으로 걸어 나갔다.

"선배… 괜찮은 겁니까."

뒤에서 상황을 지켜보고 있던 남궁보륜은 조심스런 목소리로 현선의 상태를 물었다.

"소금 뿌리고, 앞마당 깨끗이 쓸어놔."

"네?"

"두 번 말하기 싫다."

"아, 네."

남궁보륜은 차가운 눈초리로 자신을 노려보는 현선의 모습에 곧바로 몸을 날리더니, 한 손엔 소금을 움켜쥐고 다른 한 손엔 빗자루를 움켜쥔 채 밖으로 달려 나갔다.

제3장. 지상담병(紙上談兵)

지상담병(紙上談兵)

-종이 위에서 병법을 말한다는 뜻으로,

 이론에만 밝을 뿐 실제적인 지식은 없는 경우

"금자 백오십 냥이면 엄청난 돈인데······."

진하석은 그 많은 돈을 위약금으로 내던져 버렸다는 관치의 말에 황당한 표정을 지었다.

"그러게 말이야. 우리 같은 사람들은 평생을 살아도 금자는커녕 은자 백 냥도 손에 쥐어보기가 힘든데 말이야."

쟁자수들은 황금 전장에서 지급했다는 의뢰비에 대해 충격을 먹은 듯 멍한 표정을 지었다가, 그걸 모조리 위약금으로 내줬다는 부분에서 허탈한 웃음만 흘렸다. 바다 건너 먼 나라 이야기 듣는 듯 현실감이 전혀 느껴지지 않은 것이다.

"그건 그렇다 치고, 왜 현선이를 때린 건가?"

자신의 딸이 따귀를 맞았다는 말에 눈에서 금방이라도 불똥을 쏟아낼 것처럼 무시무시한 얼굴이 된 제갈선이 다그치 듯 질문을 던졌다.

"네?"

관치는 제갈선의 독기 서린 음성에 움찔한 표정이 되었다.

"어서 말을 해보게. 그 착한 아이를 왜 때렸느냔 말일세. 딱히 잘못한 것도 없는 것 같은데 그 아일 왜 때려!"

제갈선은 당장이라도 관치를 잡아먹을 듯 주먹까지 불끈 쥔 상태였다.

"어허, 이보게, 선이."

남궁철은 당사자도 아닌데 그렇게 화를 내면 어쩌느냐는 표정으로 제갈선을 말리고 나섰다.

"말리지 말게. 감히 금쪽같은 내 딸내미 어딜 때려? 이놈의 자식을 그냥!"

"어허, 채신머리없긴."

"뭐야?"

"그렇게 따지면 나는? 내 아들은 아예 병신 취급을 받는데 그럼 나는 어쩌겠나. 거기다 네 딸내미 하는 짓은? 우리 보륜이에게 왜 그렇게밖에 못하냐고 네놈에게 따져 볼까?"

"그, 그건."

제갈선은 네 자식만 귀하냐며 버럭 소리를 지르는 남궁철의 모습에 슬그머니 꼬리를 내렸다. 생각해보니 남궁보륜이 병신 취급을 받고 현선에게 욕을 먹을 땐 시큰둥한 표정으로 이야기를 즐겼던 것이다.

"그러니까 헛소리 그만 하고 앉아. 사람들 놀라게 채신머리없이 나대기는."

"험험."

제갈선은 남궁철의 핀잔에 할 말이 없는지 연방 헛기침을 해댔다.

"이보게, 그런데 내 보기에도 좀 이상하기는 한데, 관치가 왜 현선이를 때린 건가? 그렇게 잘못한 것 같지도 않은데 말이야."

남궁철은 사실은 자신도 궁금했다는 듯 은근슬쩍 질문을 던졌다.

"그게 말입니다, 사실은 이렇게 된 겁니다. 모두 두 가지 이유 때문이었는데."

"이유가 두 가지나 된다고?"

"네. 그러니까 그게……."

◈ ◈ ◈

현선은 빨갛게 부어오른 얼굴을 매만지더니 깊게 심호흡했다. 지금 관치의 분위기를 본다면 당장이라도 자신을 내칠 기세였다.

'이대로 쫓겨날 수는 없지. 막 흥신소 일에 재미가 붙은 상

황인데. 거기다 감히 내 뺨을 때려? 오냐오냐해줬더니 이 인간이 여자 무서운 줄을 모르고.'

현선은 입을 앙다물더니 별채 밖으로 걸음을 옮겼다.

"제발 일해달라고 부탁하게 만들어주지."

◘　　◘　　◘

"소장, 왜 화내나."

백발 괴인은 밖에서 일어난 일을 모두 챙겨 들었는지 먼저 입을 열었다.

"영감님은 알 필요 없습니다."

"상관있다."

"네?"

관치는 백발 괴인의 느닷없는 소리에 고개를 돌렸다.

"여자란 자고로 위험한 존재니라."

"……"

"한번 잘못 엉키면 죽도록 도망을 다니거나, 죽기 전까지 책임을 져야 하는 법이지."

"기억도 없는 분이 뭘 아신다고……."

"내가 과거에 누구였는지, 정말 먹을 것 때문에 그 난리를 피우고 있었는지는 스스로도 모르겠지만, 그건 어디까지나 '나'에 관한 기억뿐이다. 하지만 이 나이 먹도록 살아오면서 느끼고 경험한 것까지 모조리 사라진 것은 아니야."

"하루 사이에 아주 똑똑해지셨습니다."

"왜 갑자기 정신이 맑아졌는지는 모르겠지만 나쁜 현상은 아니겠지. 아니, 나쁜 현상이려나."

"나쁘거나 나쁘지 않거나, 그게 다 무슨 소립니까?"

관치는 여전히 횡설수설이라며 백발 괴인의 말에 피식 웃음을 보였다.

"나도 내가 누군지 모른다 했다. 만에 하나 내가 극악무도한 인간이라면 너는 물론이고 저 아이까지 모조리 목숨을 잃을 수도 있겠지."

"그렇지 않을 가능성도 반절은 됩니다."

"클클클, 기억을 잃은 내가 과거에 뭘 했는지 모르는 지금의 내가 성격이 좋아 보이느냐?"

백발 괴인은 묘한 웃음을 흘리며 관치를 바라봤다.

"잘도 그러시겠습니다. 무림인이라도 텃새 좀 부리는 놈들에게 통할지 모르겠지만, 나에게는 꿈도 꾸지 마십시오. 그날은 행여 엉뚱한 사람이 다칠까 봐 살살 대한 것이니."

"크하하, 살살? 웃기고 있네. 나야말로 먹는 것 때문에 사람까지 죽이기 싫어서 살살 한 것을 모르느냐?"

관치는 백발 괴인의 말에 피식 웃음을 흘리며 다시 입을 열었다.

"거짓말도 사람 봐가면서 하십시다. 그곳 집사에게 듣자 하니, 귀신 잡는다고 불러들인 도사들이나 무당들은 전부 시체가 되어버렸다고 하던데."

"응? 그게 무슨 말이냐. 난 곳간에서 음식을 훔쳐 먹었을 뿐이지, 누군가에게 해를 끼친 적은 없다."

"아, 네. 그러셨어요?"

"지금 네놈이 나를 의심하는 것이냐?"

"의심은 무슨. 배가 고프면 식당으로 가야지, 웬 곳간. 웃기는 소리 그만 하십시오."

백발 괴인은 계속되는 관치의 말에 얼굴을 찡그렸다.

"일단 수인부터 하십시다. 먹고 재워주는 대가로 향후 일 년간 말 잘 듣는 호위가 되어주시길 바랍니다."

"뭐라고?"

말 잘 듣는 호위가 되라는 말에 백발 괴인의 표정이 다시 한 번 일그러졌다.

"싫으면 지금이라도 황금 전장 곳간으로 돌아가시든지."

"……."

"어쩌다 기억을 잃어버렸는지는 모르겠지만 계속 그렇게 살아보십시오. 결국엔 굶어죽거나 눈먼 칼에 곱창이 조각나 죽을 테니."

"흥."

관치는 코웃음 치는 백발 괴인에게 서류 한 장을 내밀었다.

"수인하거나, 아님 당장 나가거나."

"……."

백발 괴인이 수인을 할 생각이 없어 보이자 관치는 앞으로 내밀었던 서류를 다시 회수해버렸다.

"잠깐."

"생각이 바뀌셨습니까?"

"일 년은 너무 길다."

"싫으면 말고."

"반년이라면 생각해보지."

"됐습니다. 어지간히 많이도 드시던데 없었던 일로 하죠."

관치는 더 이상 할 말이 없다는 듯 자리에서 일어나버렸다.

"팔 개월. 팔 개월이면 어떻겠느냐? 일 년이나 팔 개월이나 큰 차이는 없지 않느냐?"

관치는 웃기지 말라며 바로 등을 돌려 버렸다.

"빌어먹을! 좋다. 일 년. 일 년 동안 그렇게 해주지."

무정하게 등을 돌렸던 관치가 이미 늦었다는 듯 고개를 저었다.

"그건 또 무슨 뜻이냐?"

"일 년 반. 그러면 해주죠."

"뭐, 뭐야?"

백발 괴인은 어이가 없다는 듯 관치를 바라봤다.

"싫으면 나가시든지."

"꿍."

백발 괴인은 별수 없이 결국 수인을 찍어야 했다.

관치는 괴인의 수인이 찍힌 서류를 꼼꼼히 살펴보더니 묘한 미소를 지었다.

"이제 본격적으로 이야기해볼까요?"

"무슨……."

"영감님, 제가 아시는 분입니까?"

"……."

"아니면 황금 전장에서 제 뒷조사라도 시키던가요?"

"……."

"역시 대답을 못하는 것을 보니 걸리는 게 많은 영감님인가 보시네."

"난 내가 누군지 기억이 없다고 하지 않았느냐!"

"네네, 그러시겠죠."

관치는 서재 한쪽을 뒤적거리더니 동경 하나를 찾아 백발 괴인에게 던져 주었다.

"무엇이냐?"

"얼굴이나 좀 보시고 이야기하시죠. 이마 왼쪽에 면구 떨어집니다."

"뭐, 뭐야?"

백발 괴인은 얼굴에 면구 떨어졌다는 말에 동경을 집어 들고 급히 얼굴을 살펴봤다.

"역시 면구였군요."

"……"

"아무리 얼굴이 험하다 해도 그건 아니지요. 내가 진짜 얼굴 험한 사람을 한 명 알고 있는데 영감님처럼 그렇게 생기진 않았거든요. 흉터라는 게 세월에 따라 크기와 색깔이 변하기 마련인데, 영감님 얼굴에 난 상처들은 그 흔적이 고만고만해서 세월의 흔적을 찾아보기가 어렵더군요."

"……"

"그렇다면 결론은 하나, 영감님이 기억을 잃어버렸다는 건 새빨간 거짓말이고 황금 전장에서 금자 백 냥이나 되는 큰돈을 들여 의뢰를 해온 것도 결국 의도적이었다는 말이 되는 게 아니겠습니까?"

"무슨 소린지……"

"그것참 끝까지 뻔뻔하시네. 처음부터 다시 이야기해볼까요? 귀신 소동부터 말하죠. 만에 하나 그 귀신 소동이 고만고만한 집안이나 사당에서 벌어진 일이라면 정말 그럴 수도 있겠다 하겠습니다. 그런데 금력으로 중원을 뒤흔든다는 황금 전장에 귀신이라……. 아, 물론 그럴 수도 있습니다."

"……"

"그런데 말입니다, 귀신이 영감님처럼 무시무시한 능력을 지녔다는 걸 몰랐다는 게 말이 됩니까? 동네 전당포도 아니고 대륙의 돈을 지배한다는 황금 전장에서 귀신 짓을 벌이는 자를 잡기 위해 이제 막 개업한 해결사에게 도움을 청한 다? 모양새가 좀 이상하더군요. 바로 코앞이 무림맹인데 솔직히 황금 전장 정도라면, 그것도 전장을 관리하는 집사라는 사람이 저같이 신분도 확실치 않은 해결사에게 찾아오기보다는 무림맹의 방귀 좀 뀐다는 자들에게 찾아가는 게 더 확실하게 일 처리가 되지 않겠냐, 이 말입니다."

"그래서?"

죽어도 아니라는 듯 고개를 내젓던 백발 괴인은 언제부턴가 의자에 걸터앉은 모습으로 계속해보라는 손짓을 했다.

"결국 귀신 소동은 물론이고 무시무시한 능력을 지닌 백발의 괴인까지 모두 누군가 의도한 일이었다는 뜻이죠. 아, 한 가지 더."

"계속 말해보게."

"만약 영감님을 잡기 위해 은사나 향지를 사용하지 않고 부적 쪼가리나 들고 찾아갔다면 어떻게 되었을까, 하는 생각도 해보았습니다."

"그랬더니?"

"그랬다면 영감님도 그렇게 큰 능력을 공개할 필요까지는 없었다는 거죠. 어쩌면 적당한 수준에서 능력을 보여 주고 살짝궁 끼어들 생각이었는데, 제가 너무 나대다 보니 영감님도 어쩔 수 없이 그 이상의 힘을 공개해버린 거죠. 그래서 급한 대로 기억상실을 들이밀며 '배가 고파서.' 라고 하신 것 아닙니까? 솔직히 아무리 즉흥적인 변명이었다고 해도 기억상실에 배고픔이라니. 의심을 안 하고 싶어도 안 할 수가 있어야 말이죠. 거기다 결정적인 건 말입니다."

"결정적인 것이라……."

"영감님 같은 고수가 뭐가 아쉬워 이런 계약을 한답니까? 기억을 잃어버렸다고 해도 그 정도 실력이면 어디 가서나 한자리 차지할 수 있을 텐데 말입니다. 거기다 자신에 대한 기억만 잃어버린 것뿐인데 바보짓을 하며 음식이나 훔쳐 먹고 있다니. 웃기지 않습니까? 잘 먹고 잘 살려면 방법이 없는 것도 아닌데 말이죠."

"대단하구나. 그동안 어디서 뭘 하고 지냈는지는 모르겠다만, 이 정도면 걱정을 하지 않아도 될 것 같구나."

관치는 백발 괴인이 자신의 정체를 아는 것처럼 보이자 의뭉스런 표정을 지으며 '이제 정체를 밝히시죠?' 하는 눈짓을 했다.

"오랜만이구나, 관치야."

백발 괴인은 얼굴과 몸을 뒤덮고 있던 면구와 분장을 벗겨내더니 길게 한숨을 내쉬었다.

◈　◈　◈

"흠, 그러니까 그 백발 괴인이 관치를 아는 사람이었단 말이로군."

"그렇습니다."

 관치는 사람들의 말에 고개를 끄덕였다.

"그런데 말일세, 그 백발 괴인의 정체를 밝혀내는 것과 내 딸아이가 뺨을 맞은 데는 별다른 연관성이 없어 보이는데."

 제갈선은 백발 괴인의 정체보다 여전히 왜 현선이 관치에게 맞아야 했는지, 그것을 더 알고 싶어 했다.

"일단 첫 번째 이유는 황금 전장과 더 이상 얽히지 않기 위해서입니다. 오 집사 앞에서 단호한 태도를 보일 필요가 있었던 거죠. 말씀드렸다시피 백발 괴인의 정체도 의심스러운 데다 그 와중에 자꾸만 황금 전장이 접근을 해오니 문제가 있다고 느낀 것입니다."

"두 번째 이유는 무엇인가?"

 제갈선은 첫 번째 이유는 이미 감을 잡고 있었다는 듯 또 다른 이유를 듣고 싶어 했다.

"그 부분은 제갈 가주께서 이미 알고 계시리라 생각됩니다만."

 관치가 두 번째 이유에 대해 제갈선이 이미 알고 있을 것이라 이야기하자, 사람들의 시선이 제갈선에게 집중되었다.

"그게 무슨 말인가? 내가 이미 알고 있을 거라니. 무슨 말인지 납득이 가질 않는군."

 제갈선은 어리둥절한 표정으로 관치를 바라봤다.

"어차피 이야기 속에 등장할 부분입니다만, 먼저 설명을 해드리죠. 제갈 가주께서는 제갈현선, 그러니까 제갈 소저의 행동을 어떻게 보십니까?"

"행동을 어찌 보다니?"

"관치 그 친구와 연관해서 말을 하는 것입니다. 솔직히 이야기해보죠. 아무리 제갈 소저가 대단한 머리를 지니고 많은 지식을 가지고 있다고 해도 겨우 열아홉 살입니다. 남자 나이로 친다고 해도 약관이 되지 않은 셈이죠. 그런데 그 어린 나이에, 가문에서 기물을 만드는 데 정신이 팔려 있던 소저가 갑자기 밖으로 나돌며 다른 사람들의 생각을 앞서 가는 부분이 이상하지 않으십니까?"

"그게 무엇이 이상하단 말인가?"

제갈선은 엉뚱한 소리를 한다며 관치를 바라봤다.

"물론 이상하지 않다고 할 수도 있겠죠. 하지만 말입니다, 관치 그 사람은 제갈 소저의 행동과 태도, 그리고 생각이 너무 앞서 간다고 생각했습니다."

"자네 말은……."

"네, 제갈 소저의 행동이 자의에 의한 것이 아니라 누군가의 지시, 또는 정보를 통해 움직이고 있다는 생각이 든 거죠."

관치의 설명에 사람들의 시선이 다시 제갈선에게 몰렸다.

남궁철 역시 의아한 표정으로 제갈선을 바라봤다. 관치의 말이 사실이라면 제갈현선 뒤에 누군가 존재한다는 뜻이 되기 때문이다. 그리고 복잡하든 단순하든 제갈현선을 조종하는 사람이 있다면, 그 존재에 가장 가까운 사람은 제갈선이 될 수밖에 없는 것이다.

"그러니까 내가 딸아이를 조종해 관치에게 의도적으로 접근을 했다는 뜻인가?"

제갈선은 불쾌한 표정을 지으며 관치를 노려봤다.

"어디까지나 관치 그 친구의 생각입니다."

"후, 말도 안 되는 오해로다. 내가 관치 그 사람을 처음 본 것은 당가의 생존자들과 가문에 찾아왔을 때였네. 그리고 다시 본 것은 현선이 제일홍신소에 들어간 다음이었단 말일세. 내가 무슨 수로 관치 그 사람의 정체를 알아내고, 또 딸아이를 그에게 붙여 놓을 수 있단 말인가?"

제갈선은 도저히 있을 수 없는 일이라며 억울함을 호소했다.

"물론입니다. 시간적으로 배열을 한다면 제갈 가주님의 말씀이 맞습니다."

"시간적 배열이라니. 그건 또 무슨 뜻인가?"

관치의 설명을 듣고 있던 남궁철이 자세히 설명해달라며 입을 열었다.

"제갈 가주께서 관치 그 사람을 처음 본 것은 당가의 생존자들과 함께 나타났을 때, 그때가 맞습니다. 그리고 다시 본 것 역시 가주님 말씀대로 제갈 소저가 제일홍신소에 들어간 다음의 일이죠. 하지만 말입니다, 제가 전해 듣기로 제갈가는 하오문과 아주 밀접한 인연을 맺고 있다고 하더군요."

"하오문이라니. 그런 삼류 문파와 제갈가를 엮어 넣는 이유가 뭔가?"

제갈선은 어이가 없다는 듯 관치를 바라봤다.

"관치 그 사람은 보는 것과는 달리 아주 냉정하고 치밀한 점이 있습니다. 물론 제 이야기 속에는 그다지 냉정하거나 치밀한 모습을 보이진 않습니다만, 보이는 것이 다는 아니니 말입니다."

"……"

제갈선은 계속되는 관치의 말에 잠시 입을 다물었다.

"계속 이야기해도 되겠습니까?"

관치는 제갈선의 표정이 무거워지자 제갈현선이 뺨을 맞은 이유를 계속 설명해야 하는지 의견을 물었다.

"이야기하게. 제갈선 저 친구는 듣기 싫을지 모르겠지만 나는 기필코 들어야겠네."

남궁철은 단호한 표정으로 말을 건넸다.

"하지만 제갈 가주께서는 별로 듣고 싶지 않으신 듯한데……."

관치는 위협이라도 느끼는 듯 제갈선의 눈치를 살폈다.

"이보게, 선, 나는 저 사람에게 현선이 왜 뺨을 맞아야 했는지 이유를 들어야겠네. 나를 막을 것인가?"

 남궁철은 매서운 눈빛으로 제갈선을 바라봤다.

 "막고 싶다고 막을 수 있는 상황은 아닌 것 같군."

 제갈선은 작게 고개를 저으며 알아서 하라는 듯 시선을 낮췄다.

 "들었는가? 이제 이야기를 해보게. 제갈가가 하오문과 연을 맺고 있다니, 그게 무슨 뜻인가?"

 "그 부분을 이야기하려면 다시 관치와 백발 괴인의 대화로 돌아가야 할 것 같습니다. 이야기를 계속 이어갈 테니 한번 들어보십시오."

◘   ◘   ◘

 "조 숙부님?"

 "알아보는 것이냐?"

 면구를 벗어버린 괴인은 자신을 기억하는 관치의 목소리에 고개를 끄덕거렸다.

 "조카가 숙부님을 뵙습니다."

 관치는 곧바로 자리에서 일어나더니 괴인을 향해 정중히 인사를 올렸다.

 "편히 앉거라."

 "네, 숙부님. 그런데 이게 어떻게 된 일인지······."

관치는 처음부터 신분을 밝히지 않고 왜 이런 일을 꾸몄는지 모르겠다며 어리둥절한 표정을 지었다.

"휴, 아직 모르고 있는 것이냐?"

"네? 무엇을 말입니까?"

"소가장이 불타버린 것 말이다."

"네에?"

관치는 자신의 집이 불타버렸다는 말에 벌떡 몸을 일으켰다.

"아버님은, 어머님은… 동생들과 식솔들은 어찌 되었습니까!"

"종이 쪼가리 하나 던져 놓고 무려 이십 년이나 가출을 했던 녀석이 그래도 걱정은 되는 모양이구나."

"그건……."

관치는 숙부의 말에 면목이 없는지 고개를 숙여 버렸다.

"가족들 모두 무사하니 걱정은 하지 말거라."

"다행입니다."

"너 가출하고 나서 형수님께서 얼마나 돌아다니셨던지. 도대체 어디에 있었던 것이냐? 우린 모두 네가 죽은 줄로만 알았다."

"……."

"쯧쯧쯧, 어찌 이리도 속이 없을꼬. 다시 돌아왔다면 집부터 들르는 것이 예의이거늘."

"죄송합니다. 개인적으로 처리할 일이 있었던 터라……."

"자세한 이야기는 나중에 듣도록 하마. 일단 네가 알아야 할 부분이 있어서 이렇게 찾아왔다."

"경청하겠습니다."

"네가 무슨 생각으로 제일흥신소를 열었는지는 모르겠다만 스스로 위험을 불러들인 꼴이 되고 말았다."

"……."

"그렇지 않아도 무림에 숨어든 정체불명의 단체 때문에 골머리를 썩고 있는데 네가 무한에 판을 벌이는 바람에 파리 떼가 꼬이기 시작했다는 말이다."

"파리 떼라면……."

"소가장은 물론이고, 최근에 당문과 한림서원까지 공격을 했던 놈들이다."

관치는 한림서원까지 공격을 당했다는 말에 고개를 번쩍 들어올렸다.

"서원을 왜?"

"그건 나도 의문이다. 하지만 그 일 때문에 한동안 억눌려 있던 무림이 다시 움직이게 되었으니 놈들 입장에선 괜한 짓을 한 셈이 되어버렸지."

관치는 최근 무림인들의 활동이 빈번해지고 새롭게 무림맹이 결성된 이유가 그것 때문이었음을 알게 되었다.

"혹시 사마 후배의 소식을 아느냐?"

"아……."

관치는 느닷없이 사마건의 소식을 묻는 말에 뭐라고 대답을 해야 할지 입이 떨어지지 않았다.

"왜 대답을 못하는 것이냐? 네가 귀환했다는 소식을 알려 온 것이 사마 후배였는데."

"사마 숙부님은… 당문을 공격했던 자들의 손에 돌아가셨습니다."

관치는 비통한 얼굴로 겨우 말문을 열었다.

"그게… 무슨 소리냐? 사마건이 죽다니? 언제 그런 일이 있었단 말이냐?"

"당문 혈사가 있고 얼마 지나지 않아서 벌어진 일입니다."

"응? 그건 또 무슨 소리냐? 사마건에게 네 소식을 들은 것이 열흘 전이거늘."

"네?"

관치는 숙부의 말에 그럴 리가 없다는 표정이 되었다. 분명히 자신의 눈으로 사마 숙부가 기관과 함께 사라지는 것을 보지 않았던가.

"사마 숙부님은 한쪽 발을 잃은 데다 출혈이 심해……."

"한쪽 발? 네가 착각을 하는 것 같구나. 사마건 그 친구는 십수 년 전 사고 때문에 이미 외발 신세였다."

"네?"

관치는 한쪽 발을 잃은 것이 아니라 본래 외발이었다는 숙부의 말에 무슨 소린지 도무지 알 수가 없다는 표정을 지었다. 그렇다면 그날 자신이 본 것은 의족이 떨어져 나간 것이란 말인가?

"내가 모르는 사건이 있었던 것 같다만, 사마 후배는 멀쩡하게 잘 살아 있으니 오해를 풀거라. 이미 만났을 거라 생각했는데 그것참."

관치의 숙부이자 관치 아버지의 의동생인 조성은은 어이가 없다는 듯 혀를 찼다.

"일단 그 문제는 차후 사마 후배를 만나면 직접 물어보도록 해라. 지금은 그게 중요한 게 아니니 말이다."

"네, 알겠습니다."

"오늘 보니 제갈선과 친분이 생긴 것 같던데, 조심을 해야겠다."

"무슨 뜻입니까?"

관치는 제갈선을 경계하라는 숙부의 말에 부연 설명을 요구했다.

"얼마 전 화산의 제자 하나가 초주검이 되어서 돌아왔다. 나야 장문직에서 밀려난 뒤론 조용히 지내고 있었다만, 그나마 눈여겨보던 제자 놈이라 관심을 쓰지 않을 수 없더구나."

"혹시 그 제자의 초주검이 제갈 가주와 관련된 것입니까?"

"그렇다. 얼마나 호되게 당했는지 제갈세가란 이름만 이야기하고 정신을 잃어버리더구나."

"그런 일이 있었습니까."

"처음 화산에 나타났을 땐 얼마 버티지 못하고 죽을 거라고 생각했을 정도였다. 난 네 아버지의 부탁을 받아 중원에 숨어든 암중 세력에 대해 조사를 하던 중이었는데, 어쩌면 그들과 제갈선이 연관되어 있을지도 모른다는 생각이 들더구나. 여차여차 산을 내려와 제갈선의 흔적을 따라오던 중에 사마건이 보내온 소식을 들은 것이다."

관치는 문득 드는 생각이 있는지 숙부의 말을 멈추고 질문을 하나 했다.

"혹시 초주검이 되어 나타났다는 제자가 연씨 성을 가지고 있습니까?"

"응? 그걸 네가 어떻게 아느냐?"

조성은 관치의 질문에 눈이 동그랗게 변했다.

"그랬군요. 결국엔 제갈세가의 짓이었군요."

관치는 기관 밑에 숨어 있어야 할 연준하와 나머지 일행들이 흔적도 없이 사라져 행방을 찾고 있던 중이었다. 아무리 생각해도 그들이 사라질 이유도 없거니와 막상 그곳을 벗어났다면 자신의 소식을 듣고 지금쯤은 찾아왔어야 정상이었다. 그런데도 이제껏 소식이 없다는 것은 그들의 신변에 문제가 생겼다고밖에는 생각할 수가 없었다.

'숙부의 말이 사실이라면 당가의 생존자들을 데리고 있는

자는 결국 제갈선이란 뜻인가.'

◎   ◎   ◎

"그, 그게 무슨 소리냐!"
 제갈선은 딸아이의 뺨 맞은 이유에 대해 따지려 들다가 이야기가 엉뚱하게 흘러가자 얼굴에 당황한 기색이 그대로 드러났다.
"계속 들어보시죠. 아직은 이야기가 끝난 게 아닙니다."
 관치는 급히 자신을 막아서는 제갈선을 향해 차분한 목소리로 '끝나지 않았다.'를 읊조렸다.
"계속 들어보라니! 어디서 말도 안 되는 소리를 주워듣고 나를 음해하는 것이냐! 더 이상 들을 필요도 없는 헛소리다!"
 제갈선은 불쾌하기 이를 데 없다며 언성이 높아졌다.
"내가 듣기에도 문제가 있어 보이는군."
 남궁철은 자신의 친구 제갈선이 그런 일을 벌일 이유가 없다며 옹호하고 나섰다. 그러나 다른 사람들의 눈빛은 '의심' 그 자체를 담고 제갈선을 바라보고 있었다.
 제갈선은 마음이 답답해졌는지 억울하다는 듯 막사 안 사람들을 바라봤다.
"이야기가 끝난 게 아니라고 하지 않았습니까. 조금 더 들어보시지요."

 관치는 제갈선의 분통 어린 음성에도 여전히 무덤덤한 표정을 고수하며 계속 이야기를 이어갔다.

◈　◈　◈

 조성은은 곰곰이 생각에 빠진 관치를 바라보며 잠시 말을 멈췄다. 어떻게 인연이 되었는지는 알 수 없지만 관치가 연준하를 아는 듯하자 생각을 정리할 시간을 준 것이다.
 "이해가 되지 않습니다."
 관치는 고개를 갸우뚱하며 뭔가 어긋난 느낌이 들자 의아한 표정을 지었다.
 "그게 무슨 말이냐?"
 "연준하가 초주검이 되어 나타난 것은 예상치 못한 일이긴 합니다. 하지만 그가 제갈세가를 언급했다고 해서 연준하를 그렇게 만든 자들이 제갈세가라고는 생각되지 않습니다."
 "근거가 있느냐?"
 "연준하는 물론이고, 당가의 생존자들과 제갈세가에 함께 갔던 사람이 바로 접니다."
 "무엇이?"
 조성은은 관치가 제갈세가에 갔었다는 말을 하자 '자세히 설명해봐라.' 라는 표정을 지었다.

"일단 제갈세가는 당가를 공격했던 자들의 방문을 받았었습니다."

"그 이야기는 나도 전해 들었다. 제갈세가가 자세한 내용은 밝히지 않아 어떻게 된 일인지는 모르겠지만, 상당한 피해를 입었다는 정보가 들어오더구나."

조성은 제갈세가에 문제가 있었다는 소식은 이미 전해 들은 듯 관치의 말에 고개를 끄덕였다.

"제갈세가에 적들이 찾아왔을 때 연준하와 다른 사람들은 모두 몸을 숨긴 뒤였습니다."

관치는 그날 있었던 일을 자세히 설명했고, 설명이 끝날 때쯤엔 조성은 역시 고개를 갸웃거리며 이상하다는 표정을 지었다.

"네 말대로라면 준하와 당문의 생존자들이 사라진 이유가 무엇이란 말이냐?"

"지금 그 질문에 답할 수 있는 사람은 화산에서 사경을 헤매고 있는 연준하뿐입니다."

"음… 일단 화산에 연통을 넣어놔야겠다. 준하가 깨어났다면 그사이 무슨 일이 있었는지 정확히 알 수가 있겠지."

◘ ◘ ◘

"그럼 그렇지. 관치 그 사람이 얼마나 영특한 사람인데."

제갈선은 언제 얼굴이 붉어졌느냐 싶게 화색이 돌며 안도의 한숨을 내쉬었다. 그러나 사람들의 표정에서 의심의 눈초리를 완전히 거둬가지는 못하고 있었다. 관치가 이야기를 진행할 때마다 뭔가 불안한 눈빛으로 좌불안석에 가까운 태도를 보이고 있기 때문이다.

 제갈선의 그런 태도에 가장 민감하게 반응한 것은 남궁철이었다. 자신이 미처 알지 못했던 사건들, 즉 솔직하게 자신에게 도움을 청하거나 고민을 털어놔도 됐을 법한 내용들이 관치의 입을 통해 하나 둘 흘러나왔기 때문이다.

 남궁철은 무심한 표정으로 이야기를 듣고 있는 초 영감 쪽을 힐끗 살펴보더니 지나가는 말투로 질문을 던졌다.

 "하나 궁금한 게 있네."

 "네, 물어보십시오."

 "관치 그 사람의 숙부 말일세. 백발 괴인의 신분을 감추고 있던."

 "네."

 "혹시 그분의 정체가 화산파 전대 장문인이셨던 조성은 님이 아니신가?"

 "아, 아시는 분입니까?"

 관치는 남궁철의 입에서 조성은이라는 이름이 흘러나오자 오히려 반문했다.

 "어찌 화산파의 영웅이라 불리는 분을 모르겠는가. 무림에서 밥 좀 먹었다는 사람들은 모를 수가 없지."

 남궁철은 사람들을 쭉 둘러보며 그렇지 않느냐는 듯 동의를 구했다.

 "화산파 전대 장문인이셨던 조성은 대협이라면 모를 수가 없죠. 몰락해가던 문파를 되살린 것은 물론이고, 구파 중 최고의 자리에 올려놓으신 분 아닙니까."

 진하석은 누가 그분을 모르겠냐며 남궁철의 말에 맞장구를 쳤다.

 "네, 맞습니다. 관치 그 친구에겐 여러 명의 숙부님들이 계시는데, 그중 한 분이 바로 조성은 대협입니다."

 관치는 백발 괴인의 정체가 사실은 화산파 전대 장문인 조성은 대협이 맞다며 고개를 끄덕였다. 그러자 여기저기서 줄줄이 말들이 쏟아졌다.

 "관치 그 친구, 갈수록 가관일세. 처음엔 그저 철없이 집 나간 소년으로 시작하더니 이젠 이름만 대면 누구나 알 정도로 유명한 인사들과 친인척 관계인 데다, 관계를 맺고 있는 이들의 태도를 놓고 본다면 아무리 조카라 해도 조심스러운 면이 많아 보이잖아."

 "내 말이 그 말이고, 그 말이 내 말일세."

 "혹시 관치 그 친구, 사실은 신비 문파의 전승자라든가 그런 거 아니야?"

 "모르지. 지금까지 흘러간 이야기만 놓고 보면 누가 아니라고 그러겠어."

"어허, 이 사람들. 처음 시작할 때 이야기 못 들었어? 가문의, 아니 가문의 원류나 마찬가지인 사문의 흔적을 찾아가 무공을 익혔다고 했잖아. 그것도 이십 년이나 말이야."

"아, 그랬지. 그걸 잊어 먹고 있었군."

관치를 찾아온 백발 괴인의 정체가 밝혀지자 막사 안은 갑자기 활기를 띠며, 관치의 진정한 정체가 무엇인지 비밀을 파헤치겠다는 듯 소란이 일었다.

"남궁 가주님."

"응? 왜 그러는가?"

백발 괴인의 정체가 자신이 예상했던 것처럼 화산파 전대 장문인 조성은이라는 것이 확인되자 이런저런 생각에 빠져들었던 남궁철은 자신을 부르는 임표표의 음성에 고개를 돌렸다.

"또 한 가지 궁금한 점이 있습니다."

"말해보시게."

"관치의 이야기에 남궁 가주님이 등장하는 장면 말입니다."

"응?"

남궁철이 막사에 도착하기 전에 이미 나왔던 부분의 이야기라 내용을 듣지 못했던 남궁철은 일단 들어보겠다며 계속 말을 하도록 했다.

"현재까지 관치 그 사람과 관련된 부분 중에 남궁세가와 연관된 이야기가 나오는데, 혹시 아시는 게 있으신지?"

"아, 관치와 우리 남궁세가의 관계 말인가?"

"네. 혹시 아시는 게 있으시다면 말씀해주실 수 있는지……."

"뭐가 어렵겠나. 제일흥신소의 삼 대 소장 소관치는 내 누님이신 진미검녀(眞美劍女) 남궁소소 님의 아들일세. 나 역시 조성은 어르신처럼 관치 그 사람에게 숙부가 되는 셈이지."

"아!"

"역시 그럴 줄 알았어."

"어어?"

남궁철의 말에 다들 '그럼 그렇지.' 하는 표정을 지었지만, 누군가 '어어?' 하는 의문사를 내뱉자 사람들의 시선이 의구심을 내뱉은 쪽으로 와르르 집중됐다.

"왜 그러십니까?"

"뭐가 이상해요?"

"그 표정은 뭡니까?"

사람들은 뭐가 잘못되었냐는 듯 의문사를 뱉은 초 영감에게 질문을 쏟아냈다.

"내가 아는 게 확실한지는 모르겠네만, 남궁소소 님은 오래전 무림 반역 사건 때 돌아가신 것으로 기억하는데……."

나이 지긋한, 그것도 과거 제일흥신소와 인연이 있는, 그리고 지금은 평범한 쟁자수라고 보기엔 확실히 문제가 있는 초 영감의 발언이었기에 사람들의 시선은 다시 남궁철 쪽으로 우르르 몰려갔다. 어떻게 죽은 사람이 애를 낳을 수 있냐는 표정들이다.

제4장. 중구난방(衆口難防)

중구난방(衆口難防)

−여러 사람의 말을 다 막기가 어렵다는 말로, 많은 사람이

 마구 떠들어대는 소리는 감당하기 어려우니 행동을 조심해야 한다는 뜻

 종남 검객이라는 급조한 신분으로 이야기에 참가했던 용문진은 갈수록 복잡해지는 관치의 인생과 주변 관계들에 머리가 지끈거렸다. 자신이 기억하는 관치라는 자는 작은 객잔에서 장작이나 패던, 어디서나 흔하게 볼 수 있는 그런 자였다.

 물론 그를 쫓기 시작하면서부터는 그가 평범한 장작꾼은 아니라는 게 드러났지만, 그렇다고 그가 대단하거나 뭔가 엄청난 비밀을 간직한 그런 인간이라고는 생각할 수 없었다는 게 맞을 것이다.

 하지만 막사에 들어와 이야기를 들어오면서 관치 그의 신분이 예상 밖으로 화려하고, 무림 곳곳에 얽히지 않은 이가

없다는 생각이 들자 점점 불안한 마음이 들기 시작했다.

'젠장, 구파와 세가들의 연판장을 들고 왔을 때부터 심각하게 논의를 했어야 했어.'

용문진은 대뜸 수장들의 수인이 담긴 연판장을 들고 나타나 무림을 놓고 한판 승부를 벌이자던 관치의 말에 홀라당 넘어가버린 게 실수였다는 생각이 들었다. 자칫하면 소 잃고 외양간 고치고, 외양간 고치다 말고 남의 소 먹일 꼴까지 뜯으러 다녀야 하는 황당한 짓이 벌어질 수도 있기 때문이다.

'이야기는 이야기일 뿐, 그 이상도 이하도 아니다.'

관치가 이야기를 하는 동안 수시로 귀에 인이 박이도록 했던 말이다. 처음엔 너무 자주 듣다 보니 짜증이 나는 경우도 없지 않았지만, 나중에는 그 말이 익숙해졌는지 '이야기는 이야기일 뿐.'이라는 말이 일상처럼 되어버렸다.

'그게 함정이었어. 결국엔 이야기는 이야기일 뿐이라는 말 자체가 함정이었던 거야. 뭐가 이야기는 이야기일 뿐이냐!'

용문진은 관치가 들려주는 이야기가 결국엔 모두 현실 속에서 벌어졌던 가까운 과거의 이야기임을 확인하게 되자, 자신이 알고 있던 관치의 능력이 사실은 그 이상의 것을 감추고 있었음을 깨달은 것이다.

'놈을 찾거나, 아니면 무당산 앞마당에서 결전을 벌이거나. 이것이 놈이 원했던 것이었지만 지금 상황에선 놈이 어디에 있는지, 무당산에 도착하기 전에 놈을 찾을 수나 있는 건지 확신이 서질 않는구나. 거기다 정말 놈의 별호가 패황이라면… 결전을 한다고 해도 승부를 점치기가 어려워진다. 사형들은 지금 이 상황을 알고는 있는 걸까?'

용문진은 점점 걱정이 커지기 시작했다. 관치의 교묘한 술수에 빠져들어 수백 년을 참아온 문(門)의 목표가 유사(流砂)에 빠져들듯 허망하게 사라져 버릴 수도 있는 상태였다.

한참 생각에 빠져 있던 용문진은 느닷없이 화산파 전대 장문인 조성은이 이야기 속에 등장하자 뜨악한 표정이 되었다. 문에서 경계해야 할 대상으로 분류했던 몇 안 되는 고수가 아닌가.

'거기다 관치의 친모가 남궁소소라면……. 이런, 빌어먹을!'

용문진은 중원에 들어오기 전에 기본 숙지 사항이라며 받아들었던 문건 하나가 번뜩 기억났다. 중원에 들어가 조심할 이들과 피해야 할 자들, 그리고 기필코 생포하거나 죽여야 할 자들이 기록된 문건이었다.

'남궁소소라면… 생포란에 올라 있던 이름인데.'

처음 문건을 받아들고 인명란을 확인했을 땐 대수롭지 않게 생각한 용문진이었다. 그런데 남궁소소란 인물이 관치의 친모라면, 문이 그렇게 결정을 하고 문건을 만들었던 이유를 생각해봐야만 했다.

'설마 관치 그자가 무림에 나타날 것을 대비한 것은 아닐 것이고, 결국 남궁소소란 인물을 인질로 삼으면 그 이상의 결과를 얻을 수 있다는 뜻일 것이다. 관치 저놈이 아닌 다른 누군가를 목표로 했다는 뜻인데……'

 용문진의 고민은 결코 길지 않았다. 아니, 길어질 이유가 없었다. 남궁소소란 여인을 인질로 삼으면 당장 남궁세가의 움직임을 일부 막아낼 수 있으며, 관치가 숙부라 부르는 자들도 골치 아파질 것이다. 그리고 남궁소소의 남편이자 관치의 친부라는 자의 정체가 무엇인지는 모르겠지만, 그자의 움직임까지 방해를 할 수 있는 게 아닌가.

 '남궁소소란 여인, 생각보다 거물이로군.'

 여기까지 생각이 미치자 결국 용문진의 고민은 다시 관치로 돌아가버렸다.

 '개자식, 진짜 정체가 뭐야!'

 "이보게, 종남파 양반."
 "……"
 "설마 눈을 뜨고 자는 건 아닐 것이고. 이봐!"
 "음? 네?"
 한참 동안 생각에 빠져 있던 용문진은 자신을 부르는 목소리에 번뜩 정신을 차렸다.

 '이런, 적진에서 넋을 놓다니.'

용문진은 아무리 생각이 깊었다 해도 자신을 부르는 소리조차 듣지 못했다는 데에 마음이 씁쓸해졌다. 관치 그 인간 때문에 자꾸 모든 게 틀어져 가는 것만 같았다.

"졸았나?"

"아, 아닙니다. 뭔가 생각 좀 하다 보니……."

"무슨 생각을 그렇게 깊게 해. 자리를 털고 일어나게. 비도 그친 데다 날도 밝았네. 다시 이동을 하려면 정리를 해야 하지 않겠나."

"아, 벌써 그렇게 되었습니까?"

용문진은 날이 밝았다는 말에 자리를 털고 일어났다.

'나도 이들을 따라가야 하나?'

용문진은 본진으로 돌아가 자신의 의문점을 나누고 사형제들과 문제를 논의해야 할지, 아니면 관치의 이야기를 조금 더 들어봐야 할지 결정을 내리지 못했다.

"종남 검객은 안 가실 것이오?"

표사들과 쟁자수들은 어느새 표행 준비를 마치고 이동을 시작하고 있었다.

'젠장, 동작 한번 빠르네. 언제 다 치운 거야.'

용문진은 고민할 틈도 주지 않고 후다닥 주변을 정리해버린 용선 표국 사람들을 보며 구시렁거렸다.

'일단은 따라가자. 최소한 연판장을 작성하고 나에게 찾아왔을 때까지는 들어야 할 것 같아.'

용문진은 본진으로 돌아가는 것을 잠시 미루고 조금만 더 이야기를 들으며 동행하기로 결정했다.

밤사이에 약한 불빛을 의지해 서로를 바라봤던 사람들은 여명이 밝아오자 새롭게 합류했던 사람들의 면면을 살펴보기 시작했다.

특히 사람들의 시선이 몰린 곳은 아미 검객 임표표와 관 속에서 깨어난 손소민 두 사람이었다. '그래도 검을 든 여인인데 이뻐봤자 얼마나 이쁘겠어.' 하던 임표표는 생각보다 더욱 아름다웠고, 손소민은 빨려들듯이 친근감을 느꼈던 그 모습 그대로 아름다움을 뿜어냈다.

그것은 용문진 역시 마찬가지였는데, 무공에 대한 해박한 지식과 명확한 성격의 임표표에게 마음이 끌리기 시작했다. 무림에 나와 수많은 여인들을 만나봤지만 임표표처럼 강인하고 확실한 성격의 여인은 한 번도 보지 못했던 것이다. 물론 아름다움이 가미된 강인한 여성 말이다.

그런데 한 가지 이상한 점은, 다른 이들과 달리 손소민 쪽으론 고개를 잘 돌리지 않고 있었다.

'정말 손소민 그녀일까. 그녀는 죽었다고 들었는데. 하지만 죽지 않고 살아 있다면……. 아니야. 부하들의 보고엔 분명히……. 젠장, 그럼 저기 걸어가는 손소민은 도대체 누구야!'

용문진은 들쑥날쑥 예상치 못한 인물들이 끼어들 때마다

머리가 터질 것만 같았다. 정작 찾아야 할 인간은 어디 있는지, 아니 누가 관치인지조차 알아내지도 못하고 있는데 끼어들지 말아야 할 사람들은 성큼성큼 자신의 눈앞에 모습을 드러내니 정신을 집중할 수가 없었다.

'앞쪽으로 가야겠군.'

용문진은 표행의 움직임이 안정되자 관치 쪽으로 다시 시선이 집중되는 것을 느끼며 앞쪽으로 걸음을 옮겼다.

"대충 정리가 된 것 같군. 다시 이야기를 해봅시다."

표행의 선두에서 이동을 관리하던 진하석이 뒤쪽으로 빠지더니 관치 옆에 자리를 잡았다. 그러자 남궁가와 제갈가의 가주들이 진하석 좌우로 늘어섰고, 임표표와 손소민이 관치를 사이에 두고 자리 잡았다.

용문진은 급히 자리를 이동해왔지만 다른 사람들에 비해 움직임이 느렸기에 이미 좋은 자리는 모두 동이 나버린 상태였다.

'쳇, 별수 없이 이곳에서 들어야 하나.'

용문진은 관치를 중심으로 걸어가고 있는 사람들 뒤에서 어중간히 자리를 잡을 수밖에 없었다. 관치는 초 영감이 끌고 가는 수레 옆에 자리를 잡고 있었기에, 초 영감과 함께 표차를 끄는 쟁자수들과 표사들은 자연스럽게 가장 좋은 위치에서 이야기를 듣게 되었다.

"제갈 소저가 뺨을 맞은 두 번째 이야기부터 시작합시다."

"아니네. 제갈가와 하오문의 관계부터 시작하세."

"관치 그 사람의 가족 관계부터!"

사람들은 각자 자신이 듣고 싶은 부분을 먼저 들어야겠다며 요구를 해왔다.

그러나 관치의 대답은 단순 명료했다.

"제가 하고 싶은 이야기만 할 겁니다."

"……"

"듣기 싫으면 안 들으셔도 됩니다."

"험험, 누가 듣기 싫다고 했나. 단지 이왕이면 하오문 쪽 이야기로 시작하는 것도 나쁘지 않을 것 같아서……."

남궁철의 말에 제갈선이 당장 반박을 하고 나섰다.

"아니네. 내 딸이 왜 뺨을 맞았는지는 이야기 못했지 않나."

"저기… 그래도 마지막 하다 만 이야긴 정리를 해야……."

관치의 가족사가 궁금했던 진하석은 평소에는 얼굴도 못 들 두 사람 앞에서 꿋꿋하게 자신의 의견을 내비쳤다.

"일단……."

관치가 사람들의 요청에 천천히 입을 열자 이야기를 기다리던 이들의 귀가 쫑긋거렸다.

"들어보시죠."

◎　　◎　　◎

"그런데 제갈가의 아이는 왜 때린 것이냐?"

조성은은 그렇게까지 할 상황은 아니었던 것 같다며 질문을 던졌다.

"아직도 그게 궁금하십니까?"

"당연하지. 네 아버지가 여인들 때문에 얼마나 골머리를 썩었는지 안다면 그래서는 안 되지."

"네? 아버지가 여인들 때문에 골머리를 썩다니요? 처음 듣는 이야기군요."

"당연히 네가 들을 일은 없었겠지. 무려 이십 년이나 가출을 해버렸는데."

"그 이야기는……."

"알았다. 그 이야기는 나중에 듣기로 하마. 아무튼 여인들은 조심을 해야 한다. 어떤 경로를 통해서든 한번 인연을 맺게 되면……."

"맺게 되면……."

"어떻게든 책임을 지게 되니 말이다."

"네?"

관치는 여인을 책임져야 한다는 말에 미간을 찡그렸다.

"특히 관심을 받는 여인에게 행동을 잘못했다간 엉뚱한 오해를 사는 건 물론이고, 억지에 가까운 일을 당할 수도 있다."

"아버지도 그러셨습니까?"

"네 아버지 역시 많은 여인들과 연분을 일으키고 다녔지."

"설마요……. 그 얼굴을 가지고 무슨."

관치는 온통 흉터투성이인 아버지의 얼굴을 떠올리며 고개를 저어버렸다.

"관치야."

"네, 숙부님."

"너는 여인을 볼 때 외모에 마음을 빼앗기는 성격이더냐?"

"제가요? 설마요."

"그래. 바로 너처럼 외모보다는 그 사람 자체를 존중하고 좋아하는 여인들도 생각보다 많은 편이다. 그리고 그런 여인들일수록 사람 자체에 매력을 느끼고 마음을 주기 때문에 더욱 열정적이고 무서운 힘을 발휘하기도 하지."

"그렇습니까?"

관치는 그다지 와 닿지 않는지 시큰둥한 표정을 지었다.

"심각하게 들어라."

"심각하게 듣고 싶어도 별로 와 닿지가 않습니다. 제 나이가 몇 살인데 어린애들과 정분이 생기겠습니까."

관치는 현선의 나이를 떠올리며 고개를 저어버렸다.

"과연 그럴까? 네 아버지처럼 괴물 같은 얼굴을 하고도 무림에 인기 좀 있다는 여인들을 수없이 끌어 모았다. 핏줄은 못 속인다고 했다. 네가 일가를 이뤄 아들딸 낳고 숨어 산다면 모를까, 아직 멀쩡한 총각이니 만만치 않을 것이다."

"하지만 아버지는 어머니를 만나 아무런 문제없이 잘 지내셨지 않습니까. 저 역시 그리될 것입니다."

"크하하하, 문제없이 잘 지내? 황당한 소리 말거라."

"네?"

관치는 껄껄거리며 웃음을 터트린 숙부의 태도에 '무슨 뜻입니까?'라는 표정을 지었다.

"너는 잘 모르겠지만 네 아버지는 모두 세 집 살림을 꾸렸다."

"네에?"

관치는 그게 무슨 자다가 봉창 두들기는 소리냐며 눈이 주먹만 해졌다.

"쯧쯧쯧, 뭘 그리 놀라느냐."

"그게 사실이라면… 그게 진정 사실이라면… 어머님 성격에 그냥 넘어갈 리가……."

"클클클, 재미있는 건 네 어머니 때문에 형님이 세 집 살림을 하게 되었다는 게 더 웃기는 일이지."

"……."

관치는 근엄한 얼굴로 학문의 길을 외쳐 대던 아버지가 두 집도 아니고 세 집 살림을 했다는 말에 어안이 벙벙해졌다.

"소가장 말고도 두 곳이 더 있다는 말이죠?"

관치는 입술을 실룩거리며 자신이 몰랐던 아버지의 일을 재차 캐물었다.

"소가장이 큰 집이라면 석가장이 작은 집이고 정의문이 마지막이지."

"석사장이라면 학문으로 이름이 높은 곳 아닙니까."

"맞다. 그곳의 주인이 네 아버지니라."

"정의문은요?"

관치는 석가장의 주인이 아버지라는 말에 황당한 표정을 짓다가, 이번엔 정의문에 대해서 물었다. 석가장은 유명한 곳이라 바로 알아차렸지만 정의문은 처음 들어봤다는 얼굴이다.

"과거엔 무림맹만큼 성세가 대단했던 곳이다. 네 아비의 뜻에 따라 이것저것 다 쳐 내고 문파를 축소해 조용히 지내는 곳이지. 나이 좀 있는 무림인들은 모르는 이가 없을 정도로 강성한 문파였다. 물론 지금은 다들 죽고 사라져서 그저 과거에 그런 문파가 있었다는 정도만 알려져 있을 뿐이지."

"그러면… 아버지에겐 자식들이 많겠군요."

"그건 아니다. 소가장 형제들을 제외하곤 각각 딸 하나씩을 더 두었으니 그렇게 많다고 할 수도 없겠지. 다시 말해 네가 알고 있던 것보다 동생, 그것도 여동생이 두 명 더 있을 뿐이다."

"그러니까 숙부님 말씀은 여자들에게 실수를 했다간 아버지처럼 빼도 박도 못하고 고달픈 삶을 살아야 한다, 이 말씀이군요."

"바로 그렇지. 네 아버지가 세 여인 사이에서 얼마나 골머리를 썩던지, 구경만 해도 머리가 다 지끈거렸다. 거기다 직접적으로 살림을 차리진 않았지만 네 아버지 때문에 독신을 선언한 여인도 있었기에 문제가 심각했지."

"도, 독신을 말입니까?"

관치는 갈수록 가관이라더니, 아버지의 과거가 그렇게 복잡할 줄 몰랐다는 듯 어이없는 표정을 지었다.

"황금 전장."

"……"

"그곳의 주인도 과거 네 아버지의 여인이었다."

관치는 황금 전장이 큰돈을 들이면서까지 자신을 끌어들인 이유에 의구심이 많았는데, 이제야 궁금증이 풀리는 기분이었다.

"그리고 더 무시무시한 여인도 있었지."

"또 있단 말입니까?"

"어떻게 보면 네 아버지의 첫 번째 부인이었다."

"그런……"

관치는 말도 안 되는 이야기라고 말하려다가, 일단 아버지에 대해 하나라도 더 알아야겠다는 생각에 입을 다물고 숙부의 이야기를 경청했다.

"영락제(永樂帝)님의 장녀, 함녕공주(咸寧公主) 주송경이라는 분이다."

"……!"

"연왕의 둘째 따님이셨지. 인연이 닿지 않아 중간에 헤어지기는 하셨다만, 돌아가시는 그 순간까지 네 아버지를 잊지 못하셨다."

"무림의 기녀들은 물론이고, 중원에서 가장 돈이 많다는 여인에 일국의 공주까지 아버지와 연분을 뿌렸단 말입니까?"

관치는 질린 표정으로 숙부를 바라봤다.

"내가 말하지 않았더냐. 피는 못 속이는 법이라고. 당장 네가 어디서 뭘 하느라 이제 나타났는지는 모르겠다만 짧은 시간 내에 상황을 파악하고 문제를 지적하는 능력은 물론이고, 나를 놀라게 할 정도로 강력한 무위까지 네 아버지와 아주 판박이더구나. 거기다 홍신소라니. 솔직히 운명이라는 게 있다면 이런 걸 두고 하는 말이 아닐까 싶다."

"……."

"거기다 그 나이를 먹고도 여인들과 얽히다니."

"여인들이라니요?"

"이놈, 화월각주는 어쩔 셈이냐?"

"네?"

조성은은 관치의 반응에 혀를 차며 다시 말을 이었다.

"진설이가 너의 정혼자라는 사실을 진정 모른단 말이냐?"

"그, 그건."

"호, 알고 있으면서도 모른 척했다, 이거로군. 말인즉, 다른 여인을 마음에 두고 있다는 뜻이냐?"

"그게……."

관치는 연방 추궁하듯 밀어붙이는 조성은의 말에 선뜻 대답을 하지 못하고 말을 더듬거렸다.

"내 말하지 않았느냐. 여인들에겐 말과 행동을 조심해야 한다고. 책임지지 못할 사람에겐 정을 주지 말거라. 네 아버지처럼 개고생하고 싶지 않으면."

"그럴 리가 있겠습니까……."

관치는 당치도 않다는 듯 고개를 저어버렸다.

"그럴 리가 있는 것처럼 보이니 하는 말이다. 도대체 왜 그 아이의 뺨을 때린 것이냐?"

"사실은 그게……."

관치는 별수 없이 제갈현선을 처음 만났던 상황부터 지금까지의 이야기를 늘어놓을 수밖에 없었다.

"호, 그러니까 드러난 상황만 보자면 그 아이 혼자서 설치는 분위기인데 네가 보기엔 혼자서 그렇게 움직일 수 없다고 판단했다, 이 말이로구나."

"그렇습니다."

"그렇다면 그냥 내쫓으면 그만이지 왜 아이를 때린 것이냐?"

"그건 황금 전장의 오 집사에게 뭔가 충격을 줘야 할 필요도 있었고……."

"있었고… 그다음은?"

"현선이 이쯤에서 빠졌으면 하는 마음이 컸습니다."
"그러니까 위험한 판에서 그 아이를 빼고 싶었다?"
"말이 좀 이상하긴 하지만 그렇습니다. 아직 어린아이 아닙니까. 욕심 많은 자들 사이에서 그 아이가 휩쓸려 다니는 것을 보고 싶지 않습니다."
"어린아이?"
"이제 열아홉입니다."
"클클클, 형수님이 네 아버지를 만났을 때 겨우 열여덟이셨다."
"그건 좀 다릅니다. 아버지도 그때는 젊으셨을 것 아닙니까."
"흠, 젊다고 해도 십 년 차였다."
"네?"
"십 년 차나 십오륙 년 차나 무에 차이가 난다고. 어차피 도둑놈이긴 마찬가지인데."
"……"
"분명히 이야기했다. 제갈가는 의심을 받고 있는 상황이다. 그런데 그 집 딸과 감정이 얽히게 되면 차후 문제가 될 수도 있으니, 마음이 없다면 확실히 정리를 하거라."
"숙부님 말씀 명심하겠습니다."
"그나저나 네가 마음에 두고 있는 아이는 어떤 사람이냐?"
"……"

조성은은 관치가 마음에 두고 있는 여인이 누구인지 궁금해 질문을 던졌다가, 관치의 표정이 침울하게 변해버리자 뭔가 사연이 있음을 깨달았다.

"그 여인은……."

"되었다. 언제고 네가 마음이 편할 때 그때 듣기로 하자."

조성은은 어렵게 이야기할 필요 없다며 손을 내저었다.

"네, 알겠습니다."

"그건 그렇고, 앞으로 어떻게 할 것이냐? 이곳에서 계속 지낼 생각이냐?"

"무슨 뜻이신지."

"무한에 제일홍신소를 유지할 것이냐, 이 말이다. 본래 제일홍신소는 감숙성 난주가 고향이다."

"알고 있습니다."

"알고 있어?"

조성은은 어려서 가출했던 관치가 생각보다 많은 걸 알고 있자 의아한 표정이 되었다.

"그게, 제가 가출했던 곳 말입니다."

관치는 잠시 뜸을 들이다가 다시 입을 열었다.

"큰할아버님이 수련을 하셨다는 곳을 찾아갔었습니다."

"무엇이!"

조성은은 큰할아버지라는 말에 놀라움을 감추지 못했다.

"역시 숙부님도 알고 계셨군요. 소가장이 문사의 가문이 아니라는 것을."

"그거야……."

"사실 숙부님이 무림의 고수인 데다 화산파의 고인(高人)인 것도 오늘에서야 알았으니……."

관치는 그동안 소가장에 찾아왔던 많은 숙부들이 무림인이라는 사실을 까맣게 모르고 있었다.

"그런데 네가 그 장소는 어찌 알아낸 것이냐?"

"아버지 서재에서 낡은 기록을 하나 찾아냈습니다. 가문의 원류가 적혀 있더군요."

"음… 서재에서 찾아냈다고?"

"그렇습니다."

"찾아냈다고?"

"네."

"젠장, 어쩐지 형님이 네놈이 가출을 했어도 무덤덤하더라니!"

"네?"

관치는 느닷없이 분통을 터트리는 숙부의 모습에 의아한 표정을 지었다.

"그게 무슨 말씀입니까? 아버지가 무덤덤하셨다니."

"휴, 결국엔 그렇게 된 거였나."

"숙부님!"

관치는 숙부 혼자서 이러쿵저러쿵 횡설수설해대자 답답하

다는 듯 목소리를 높였다.

"네놈이 찾아낸 것이 아니라, 네놈 눈에 띄게 숨겨 놓은 것일 게다."

"그럴 리가요."

관치는 말도 안 된다는 듯 고개를 저었다.

"넌 정말 네 아버지에 대해 아무것도 모르는 것이냐?"

"그거야… 책을 손에서 놓지 않으셨다는 것과 과거에 흥신소를 하셨다는 것, 그리고 숙부님들이 평범하지 않다는 것을 보면 아버지도 무림인이셨다는 정도는 파악했습니다. 하지만 아시다시피 아버지는 무공을 하실 줄 모르지 않습니까."

"휴, 형님도 무던하시다. 어찌 아들을 이렇게 키웠단 말인가."

"……"

관치는 연방 푸념을 해대는 숙부의 모습에 잠시 입을 다물었다.

"혹시 수련을 하기 위해 그곳에 찾아갔을 때 특별한 일은 없었더냐?"

"특별한 일이라면……."

"네가 이해할 수 없는 일 말이다. 예를 들어 뭔가 불쑥 나타난다든가, 아니면……."

"숙부님 말씀은 제가 그곳에서 당하거나 행했던 모든 일들이 사실은 아버지가 꾸몄다는 그런 말씀을 하시려는 겁니까?"

"당연하지 않느냐. 무림을 손바닥 위에 올려놓고 엎치락뒤치락하던 사람이 바로 네 아버지다. 네 녀석 하나 가지고 노는 건 방귀 뀌는 일보다 쉬운 인간이 바로 네 아버지란 말이다. 정말 아무런 일도 없었던 것이냐?"

"그게… 무인각에 들어가서 이것저것 구경을 하는데……."

"구경을 하는데?"

"갑자기 입구가 무너져서 갇혀 버렸습니다."

"……."

"저는 그저 제가 기관을 잘못 건드려 그런 거라고……."

"얼마나 갇혀 있었느냐?"

"조금 오래 갇혀 있기는 했는데……."

"얼마나 갇혀 있었냐니까!"

"이… 십 년입니다."

"……."

"그 정도 있었습니다."

"무량수불. 얌전히 지내는가 싶었는데 그사이를 못 참고 악귀 짓을 벌이고 있었구나."

"그럴 리가 없습니다. 아버지가 무엇 때문에 저를 이십 년이나 무인각에 가둬둔단 말입니까."

관치는 당치도 않다며 고개를 저어버렸다.

"네놈이 아직 덜 당했구나. 쯧쯧쯧."

조성은은 해도 해도 너무했다는 듯 고개를 저어버렸다.

◎　◎　◎

"설마 그럴 리가 있겠습니까. 어떤 아버지가 아들을 동굴 속에 이십 년이나 가둬둔단 말입니까."

진하석은 말도 안 된다며 손을 내저었다.

"그러게 말입니다. 일이 년이라면 모를까. 에이, 비약이 심합니다."

사람들은 현선이 왜 뺨을 맞았는지보다, 관치의 잃어버린 20년이 사실 그 아버지의 흉계였다는 말에 정신이 쏠려 버렸다.

그러나 누군가의 중얼거림에 사람들의 표정이 급격히 굳어버렸다.

"그 양반이라면… 그랬을지도."

"예전에 자네도 비슷한 일을 겪었다고 하지 않았나?"

제갈선은 남궁철의 중얼거림에 관치의 말이 신빙성 있지 않느냐며 질문을 던졌다. 사람들은 설마 하는 표정으로 남궁철을 바라봤고, 남궁철은 뭔가 기억이 떠올랐는지 부르르 몸을 떨더니 더듬더듬 입을 열었다.

"그래도 난 이십 년은 아니야. 처음엔 죽도록 심부름만 해댔고, 조금 지나선 언제 죽을지 모르는 낭인 전쟁에만 끌려 다녔네. 그러다 어느 날인가……."

"어느 날인가."

"누구의 묘인지는 모르겠지만 석실로 견고하게 지어진 묘를 도굴하듯 파고 내려가더니……."

"가더니?"

"내던지고 묻어버리더군."

"……."

"가문의 검법서 한 권 던져 주며 그걸 익혀야 무덤을 부수고 나올 수 있을 거라고……."

사람들은 남궁철의 말에 '미치지 않고서야.' 하는 표정을 지으며 관치를 바라봤다.

"남궁 가주님은 몇 년이나 계셨습니까?"

"열여덟에 그를 만나 이 년은 밖에서 구르고, 사 년은 땅속에서 굴렀네. 그리고 드디어 무공을 대성하고 밖으로 나오던 날, 복수를 맹세했지."

"복수를 하셨습니까?"

사람들은 대남궁가의 가주이자 최고수인 남궁철의 맹세에 지대한 관심을 보였다.

"복수를 하고자 그가 있는 곳으로 찾아갔지. 휴."

남궁철은 이야기를 하다 말고 하늘을 올려다보며 긴 한숨을 내쉬었다.

"계속 말을 해보게나. 그를 찾아가서 어떻게 했나?"

"어떻게 하긴, 일직선으로 걸어 들어가 그의 서재에 들이닥쳤지."

"그랬더니?"

"딱 죽기 직전까지 얻어맞았네."

"그 사람에게 말인가?"

"그 사람에게 맞았으면 억울하지나 않지."

제갈선은 '그럼 누구에게 맞았단 말인가?' 하며 남궁철을 바라봤다.

"혹시 와호잠룡이나 용담호혈이라고 들어봤나?"

"그 말을 모르는 사람도 있는가?"

"그가 지내는 곳이 바로 그런 곳이네. 나와 비슷한 일을 겪은 사람들은 하나같이 무간지옥이라고 부르기도 했지."

"도대체 누구에게 맞았기에 그러는 건가?"

"누님에게 맞았네."

"누님이라면 소소 누님 말인가?"

제갈선은 '설마' 하는 표정으로 남궁철을 바라봤다.

"가문의 무공을 대성하고 자신이 넘쳤던 내가 그곳에 찾아가 한 것이라곤 딱 한 가지 행동뿐이었네. 그런데 정말 개 패듯이 맞고 사흘을 누워 있어야 했네."

"무슨 행동을 했기에……."

"얼마나 화가 났던지 말이 나오질 않아 분노한 표정을 하고 손가락을 들어 그를 가리켰는데……."

"가리켰는데."

"싸대기를 맞았네."

"그 사람에게 말인가?"

"아니, 누님이라고 했잖은가."

"손가락을 들었다고?"

"분노한 표정은 왜 빼먹는가?"

남궁철은 이야기를 띄엄띄엄 듣는다며 제갈선에게 핀잔을 줬다.

"허허, 미안하네. 그런데 겨우 분노한 얼굴로 손가락을 들어 그를 가리켰다고 그렇게 맞았단 말인가?"

"물론 반항을 하려고 했지."

"했지? 하려고 했는데 할 수 없었다, 뭐 이런 이야기인가?"

"바로 봤네. 그 안에 누가 있었냐면 말일세."

"그가 있었다고 하지 않았나."

"아닐세. 그는 출타를 한 상태였네."

"뭐? 아니, 그럼 누구에게 손가락질을 한 건가?"

"그게… 조카에게……."

"조카라면 어떤 조카 말인가?"

"관치가 하필이면 그의 의자에 앉아서 놀고 있었네."

"이상하군. 조카에게 손가락질을 했다는 이유로 그렇게 처

중구난방(衆口難防) • 125

맞았단 말인가?"

"그게… 힘이 좀 지나쳤는지 손가락질을 함과 동시에 지풍이 튀어나갔지 뭔가."

"……"

"그리고 하필이면 그곳에 괴물 같은 인간들이 우르르 모여 그놈의 재롱을 보고 있었단 말이지."

"쯧쯧쯧, 죽을 짓을 했군."

"휴, 대상을 확인하지 못한 내 잘못이었지. 이성을 잃은 게 화근이었네."

"그런데 누가 모여 있었기에 반항 한번 못해본 건가?"

"백발 괴인으로 등장한 화산파 장문인 조성은 대협이 있었고, 살수들이 꿈에서도 완성하길 바란다는 살무를 완성한 살왕이 함께 있었네. 물론 두 사람만 있었다면 어떻게 꿈틀이라도 해보았을 것이네."

"그런데?"

"당문의 독왕이 흥분해서 독을 내 입에 처넣은 데다, 황궁의 무장으로 보이는 자가 무시무시한 기운을 뿌리며 창끝을 목에 들이댔네. 그리고 그보다 더 무서운 자가 나를 가리키며 그러더군."

"누가 뭐라고 했단 말인가?"

"물론 그자가 한 말은 단 한마디였네. 죽여라."

"죽여라?"

"그 말이 끝남과 동시에 어디서 그렇게 많은 검수들이 튀어나오던지⋯⋯. 복장을 보아 동창의 고수들 같았는데, 나중에 알고 보니 죽여라, 라고 말했던 그 사람이 대명 제국의 황제인 연왕 주체셨네. 그 외에도 무시무시한 인간들이 더 있었던 것 같은데 이미 반쯤 넋이 나간 상태라 나머지는 기억도 나지 않네."

"⋯⋯."

제갈선은 연왕까지 그 자리에 있었다는 말에 입이 쩍 벌어졌다. 물론 남궁철의 이야기를 듣고 있던 사람들 모두가 표행을 멈추고 고개를 돌린 것은 물론이고, 진하석은 '거짓말!' 이라는 표정으로 남궁철을 바라봤다.

"휴, 더 웃긴 이유 하나 이야기해줄까?"

"그, 그래, 해보게나."

"그 많은 사람들이 거기서 뭐 하고 있었는지 아는가?"

"조카의 재롱을 보고 있었다고 하지 않았나."

"그게 아니네. 그날 그곳에 모인 사람들 모두 한 가지 목적을 가지고 있었네."

"어떤⋯⋯."

"조카 놈 장가를 어디로 보내는가, 그걸 고민하고 있더군. 각각 관치와 맺어주고 싶은 후보를 내세우고 있었는데, 이리저리 편이 갈려 한판 하고 있던 상황이더군."

"⋯⋯."

"그런 상황에 조카 놈에게 지풍을 날렸으니……. 무공을 대성했다는 생각에 잠시 그가 누구인지를 망각해버렸던 거지."

"그런데 자네가 예전에 해준 이야기에 따르면 연왕과 그분은 서로 못 잡아먹어 안달인 사이였다고 들었는데……."

제갈선은 같은 하늘을 보고 사는 것도 문제인 두 인간이 어떻게 한지붕 아래 있을 수가 있는지 도무지 이해가 되지 않는다는 표정을 지었다.

"나도 정확한 사연은 모르네. 사실 누님에게 들은 이야기에 따르면 연왕은 그 사람이 두려워서 인질을 잡고 자결을 명령했다고 했네. 그게 사실이라면 한자리에 도저히 있을 수 없는 사이일 텐데 어찌 된 일인지……."

남궁철의 이야기가 마무리되자 사람들의 시선이 다시 관치 쪽으로 향했다. 남궁철이 말하는 그와 관치를 20년간 동굴에 가둬놓았다는 친부가 동일 인물임을 알게 되자, 도대체 관치의 아버지가 누구인지 궁금해 미치지 직전까지 몰린 것이다. 아무리 생각해도 그 정도 영향력을 행사할 수 있는 사람이 세상에 존재한다는 것을 믿을 수가 없었기 때문이다.

대명 제국의 황제가 두려워하는 인간이라니, 엄청난 세력이나 국경을 마주한 적국도 아니고 사람 하나가 무서워 인질을 잡을 정도였다니, 아무리 생각해도 자신들의 머리로는 이해가 되지 않았다.
"여보게 관치, 도대체 남궁 가주께서 말씀하시는 그분이 누구인가?"

제5장. 조삼모사(朝三暮四)

조삼모사(朝三暮四)

-당장 눈앞의 차별만을 알고 그 결과가 같음을 모른다는 뜻으로, 간사한 꾀로 남을 속여 희롱함을 이르는 말

 남궁철의 과거 경험담을 듣고 있던 용문진의 얼굴이 심각할 정도로 굳어졌다. 남궁철을 개 패듯이 굴리고 세상에 힘 좀 쓴다는 인물을 모조리 한 방에 모을 수 있으며, 그것도 모자라 자신의 아들을 동굴 속에 20년이나 가둬버렸다는 자가 누구인지 감을 잡은 것이다.

 '둘째 사형이 소가장을 공격했다고 했던가······.'

 용문진은 만에 하나 이번 무림행이 실패로 끝났을 때 최소한 직접적인 보복에서는 비켜날 수도 있다는 생각에 묘한 안도감을 느꼈다.

 '젠장, 내가 지금 무슨 생각을 하고 있는 거냐. 용문진! 정신 차려라. 하지만 그의 정체가 소운강 그자의 후예임이 분

명한 이상······. 빌어먹을! 그렇다면 관치 그자의 정체도 결국엔 그 밥에 그 나물이라는 뜻이잖아!'

용문진은 이야기 속에 등장한 관치의 무위를 떠올리며 자신도 모르게 식은땀을 흘렸다.

평정문의 기괴한 신공을 깨기 위해 백 년 가까이 절치부심 피를 쏟아내며 무공을 연구한 자신들이었다. 처음엔 그런 무공을 지닌 자들이 얼마나 되는지 몰라 전전긍긍했다가, 평정문이란 문파가 일인전승임을 알게 된 뒤에는 어차피 한 놈이라는 생각에 공격을 감행했다고 들었다.

그러나 결과는 참패. 마지막으로 자신들을 박살 낸 자가 소운강이라는 외팔이 괴물이었다 했다.

'잠깐. 소운강, 소가장, 소관치?'

용문진은 과거 자신의 선조들을 개 패듯 굴려 버린 자가 소운강이란 이름을 가지고 있었음을 떠올리다가, 관치마저 그 계보를 정통으로 잇고 있음이 명확함을 깨달은 것이다.

'그렇다면 당대 평정문의 문주가 소관치 그놈이었단 말인데······.'

수백 년에 걸쳐 무림 정복문을 밀어내버린 유일무이한 문파, 무림 평정문.

용문진은 저주받은 그 문파의 전승자가 관치임을 알게 되자 분노와 더불어 두려움이 몰려왔다.

'과거의 기록 속에서 매번 한 사람에게 패했다는 내용을

확인할 때마다 코웃음을 쳤던 나다. 하지만 지금 돌아가는 상황을 본다면……'

용문진은 일인전승이라는 단출한 계승 방식을 가지고 있는 조그마한 문파가 어떻게 무림을 지켜 낼 수 있었는지 수많은 의문을 가지고 있었다. 그런데 오늘 관치의 이야기를 듣고 보니 말만 일인 문파지, 평정문을 에워싸고 있는 자들은 중원 그 자체라 봐도 무방할 정도인 것이다.

'흥, 그래봤자 이번엔 어려울 것이다. 평정문 네놈들의 힘이 어디서 어떻게 오는지 이미 파악을 끝냈다는 걸 알게 된다면 어떤 표정을 지을지 궁금하기 짝이 없군.'

용문진은 잠시 흐트러졌던 마음을 바로 세우며 다시 관치의 이야기에 귀를 기울였다.

본래 관치란 이야기꾼만 있었다면 이렇게까지 많은 정보가 쏟아지지는 않았을 것이다. 용문진 입장에선 관치나 그의 아버지란 자와 연관이 있는 자들이 표행에 합류한 덕에 모르고 있던 사실을 많이 알게 돼 다행이라는 생각까지 들었다.

'어차피 관치 그놈을 찾아내는 건 어렵게 되어버렸다. 설마 이런 식으로 혼란을 양산해내다니. 하지만 무당산에 도착해선 네놈 뜻대로 되지 않을 것이다. 아니지. 어쩌면 사형들이나 장로들이 네놈을 찾아내 이 어이없는 내기를 마무리 지어버릴지도 모르지. 후후후.'

조삼모사(朝三暮四) • 135

처음 관치가 가져온 연판장과 내기 내용을 들었을 땐 나쁘지 않다 생각하면서도, 중원 무림을 걸고 누가 이런 황당한 내기를 하겠는가. 그런데 문에서 돌아온 대답은 의외로 내기를 받아들이겠다는 것이었다.

 아마도 무림 문파들의 수장들이 찍어 보낸 연판장이 큰 힘을 발휘했을 것이다.

 자신이야 다음 세대를 지배할 문의 후기지수였다. 어차피 이번 무림행은 이번 대에서 마무리 지어야 할 숙명. 자신은 굿이나 보고 떡이나 먹으면 될 것이다.

 '만에 하나 내기에서 진다고 해도 무당산에서의 결전이 남아 있다. 강신귀공이라고 했던가? 평정문의 기공(奇功)으로는 절대 우리 정복문의 신공(神功)을 이기지 못할 것이야.'

◈ ◈ ◈

"지금 숙부님 말을 믿으라는 겁니까?"
"믿든 믿지 않든 그건 네 자유다. 어차피 사람은 자신이 믿고 싶은 것만 믿는 못된 습성이 있으니 말이다."
"그 말씀은 숙부님도 아버지가 그랬다는 걸 믿고 싶어서 그러신다는 말밖에는 되지 않습니다."
"물론이다. 하지만 나는 이미 네 아버지를 겪어본 사람이고, 넌 어린 나이에 집을 나가 이십 년간 세상과 격리 조치를 받았던 사람이다. 과연 누가 더 진실에 가까울까."

"숙부님."

"오냐."

"숙부님은 제 염장이나 지르자고 이렇게 찾아오신 겁니까?"

"응? 그게 무슨 소리냐."

"말이 그렇지 않습니까. 고생고생해 겨우 살아서 돌아왔더니 이십 년 만에 만나서 하신다는 소리가 '네 아비가 그랬다.' 라니."

"험험, 그렇게 들렸다면 미안하구나. 하지만 네 아버지 이야기를 하려다 그렇게 된 것은 아니지 않느냐. 여자를 조심하라는 의미에서……."

"알겠습니다. 저는 어차피 제가 마음속에 품고 있는 사람을 제외하곤 어느 누구에게도 관심이 없습니다. 걱정하지 마십시오."

"썩을 놈. 누가 네놈 걱정을 해서 그런 말 하는 줄 아느냐?"

"그건 또 무슨 말씀이십니까?"

"어쩌면 지 아버지와 저렇게 똑같을까. 정을 끊는다며 나대던 네 아버지였지만 결국엔 어느 누구도 버리지 못하고 책임을 지고 말았다. 네놈도 그리되지 말란 법이 있더냐."

"젠장, 책임을 져야 한다면 지면 그만이지, 뭐가 그렇게 복잡합니까!"

관치는 짜증이 올라왔는지 버럭 소리를 지르고 말았다.

"성질머리하고는."

"이왕 말이 나온 김에 아버지 이야기 좀 해주십시오. 도대체 아버지는 어떤 사람입니까?"

관치는 자신이 모르는 아버지의 과거를 신경질적으로 물었다.

"나도 모든 걸 다 아는 것은 아니다. 단지 전쟁통에 부모를 잃고 석가장주 석수용 선생의 양자가 되었다가, 사고로 기억을 잃고 소운강이라는 분의 제자로 들어가 무공을 익혔다."

"그러니까 아버지도 무공을 익혔다는 말이군요."

"그렇지. 과거 무림에서 활동하는 자들 중에 네 아버지를 이길 사람은 전무했다고 보면 맞을 것이다."

"숙부님은 어떠십니까?"

관치는 조성은의 능력을 이미 확인했기에 혹시나 하는 심정에 다시 질문을 던졌다.

"나? 설마 내가 네 아버지와 겨루면 누가 이길 거냐고 물어보는 것이냐?"

"네, 무척이나 궁금합니다."

"하하하하!"

조성은은 웃기지도 않다는 듯 고개를 젖혀 웃어버렸다.

"역시 지금은 숙부님이 더……."

"내가 미쳤냐?"

"네?"

"내가 대가리에 칼 맞지 않은 이상, 아니 대가리에 작살이 꽂혔다 해도 네 아버지와 붙고 싶은 생각은 추호도 없다."

"……."

"네 아버지는… 아니 고 소장님은 말이다, 승부사가 아니다."

"그건 또 무슨……."

"승부사들은 상대를 인정하거나 그들의 생각에 공감이라는 걸 할 줄 알지."

"그런데요?"

"고 소장님은 승부나 대결 뭐 이런 것들엔 관심이 없으셨다."

"그러면……."

"돈이 되느냐, 아니면 재미가 있느냐 딱 이 두 가지만 생각했지. 예를 들어 누군가 시비를 걸어오거나 승부를 원한다면 그 대가로 돈을 원하거나 조건을 걸었다."

"돈이나 조건?"

관치는 황당한 눈빛으로 숙부를 쳐다봤다.

"일단 스스로 무림인이라고 생각하지도 않는 데다 직종 자체가 대가없는 일엔 오줌도 누지 않던 사람이었단 말이다."

"그렇게 살고도 안 죽고 살아 있다니 용하군요."

"용하긴, 고 소장님에게 시비를 걸고 패가망신까지 안 가고 파산으로 끝낸 놈들이 용한 거지."

관치는 웃기지 말라며 킥킥 웃어버리는 숙부의 태도에 '이게 뭔 소리야?' 하는 표정이 되었다.

"네 아버지가 유일하게… 아니지. 그것도 따지고 보면 어차피 거래였군."

"무슨 말입니까."

"처남 되는 녀석이 하나 있는데. 너도 알지? 남궁철 말이야."

"아, 외숙부님 말씀이군요."

"그렇지. 그놈에겐 그나마 크게 따지지 않고 도움을 줬다고나 할까. 하지만 그건 형수님 때문에 어쩔 수 없었다고 보는 게 맞을 게야. 아무리 고 소장님이라고 해도 형수님 집안의 일까지 돈으로 환산하기는 좀 그랬을 테니까."

관치는 자신의 외가 일까지 거래로 생각했다는 숙부의 말에 어떻게 반응을 보여야 할지, 아버지란 인간을 어떻게 생각해야 할지 모르겠다는 표정이 되어버렸다.

"내가 관치 네놈의 이십 년을 곡해하는 것도 다 이유가 있어서야."

"그러게요……. 어쩌면 그럴 수도 있겠단 생각이 슬슬 들기 시작했습니다."

"그렇지? 내 말이 그 말이야. 휴, 내가 네 아버지를 만나서 고생했던 걸 생각하면."

조성은은 과거 속 언젠가를 떠올리는 표정으로 잠시 사색에 잠겼다.

◘ ◘ ◘

 남궁철은 풍경을 바라보는 듯 시선을 돌리다가 은근슬쩍 이야기를 듣고 있는 초 영감을 훔쳐봤다. 다른 사람은 모르지만 자신은 초 영감의 정체가 전대 화산파 장문인 조성은이라는 것을 알고 있었기 때문이다.
 '정말 조 선배가 그런 말을 했으려나?'
 남궁철의 궁금증은, 차후 그 사람에게 흘러들어갈 수도 있는 그런 험한 말을 그의 아들에게 마구잡이로 해버렸으니 어떻게 감당을 할 생각인가 하는 것이다.
 -왜 그렇게 쳐다보는 것이냐?
 -네?
 -왜? 내가 정말 그런 말을 했는지, 아니면 관치가 지어낸 이야기인지 그게 궁금한 것이냐?
 -그게······.
 -내가 소장님을 만났을 때 어떻게 감당을 할 것인지, 궁극적으로 그것이 궁금한 거겠지?
 -사실은 조금 궁금하기는 합니다.
 -철아.

-네, 선배님.

-내가 살면 앞으로 얼마나 살겠느냐.

-무슨 그런 말씀을…….

-그래서 그냥 했다. 어차피 죽을 날 받아놓은 늙은이가 이제 와 뭐가 무서워서 말을 못하겠느냐.

-아… 네.

-너도 더 이상 참지 말거라. 그 인간에게 우리가 한두 번 당해왔느냐? 사실 그 인간 무공을 잃은 지도 오래됐다. 더 이상 겁날 게 없다는 뜻이지.

남궁철은 관치의 아버지가 무공을 잃었다는 말에 눈빛을 반짝였다. 만약 그게 사실이라면 과거 무덤 속에 파묻혔던 그날의 복수를, 흙구덩이를 파고 나며 외쳤던 처절한 복수의 맹세를 지킬 수도 있겠단 생각이 든 것이다.

-그게 정말입니까?

-내가 뭐가 아쉬워서 거짓말을 하겠냐.

-말씀 새겨들었습니다. 이 남궁철이… 언제고 쌓였던 한을 풀고 말 것입니다.

-오냐, 그래. 그렇게 해야지. 건투를 빈다.

-감사합니다, 선배님.

한동안 과거의 기억 때문에 괴로워하던 남궁철은 언제 그랬냐는 듯 팔팔한 표정이 되었고, 발걸음마저 힘차게 변했다.

무림은 센 놈이 형 하는 것이고, 억울한 일이 있으면 정정당당히 결투를 신청해서 풀면 그만인 곳이다.

 '매형, 두고 봅시다.'

 남궁철은 괴물 같은 매형이 살던 죽산이 코앞에 다다르자 더욱 과거의 기억을 되새기며 복수를 맹세했다.

　　　　◎　　◎　　◎

 "제갈가의 아이가 돌아온 것 같구나."

 한동안 추억에 잠긴 표정을 보이던 조성은은 제갈현선의 인기척이 느껴지자 몸을 일으켰다.

 "앞으로 어떻게 하실 겁니까?"

 관치는 신분을 드러낼 것인지, 아니면 계속 감출지를 물었다.

 "일을 돕기로 했으니 한동안은 이렇게 지내며 상황을 지켜볼 생각이다."

 조성은은 면구와 동경을 챙겨들더니 그만 나가보라는 눈짓을 했다. 현선이 안으로 들어오기 전에 막으라는 뜻이다.

 "알겠습니다."

 관치는 숙부가 다시 백발 괴인으로 돌아가는 동안 시간을 벌기 위해 밖으로 걸음을 옮겼다.

"돌아간 게 아니었나?"

"제가 돌아가야 할 이유라도 있나요?"

현선은 귀찮은 듯 자신을 바라보는 관치의 태도에 입술을 잘게 깨물었다.

"이곳에 계속 있어야 할 이유도 없다고 본다."

"아니요, 그럴 수는 없죠. 이곳은 소장님 혼자만의 곳이 아니에요. 잊으셨나요?"

제갈현선은 무한에 제일흥신소를 여는 과정에 자신의 도움이 많이 들어갔음을 내비쳤다.

"그럼 내가 나가면 되겠군."

관치는 그런 이유라면 더 이상 고민할 필요도 없다는 듯 등을 돌려 버렸다.

"잠깐만요!"

어느 정도 예상을 했지만 이렇게 바로 돌아서리라곤 생각지 못했는지 현선의 얼굴에 당황하는 기색이 드러났다.

"아직도 할 말이 남아 있나?"

"도대체 왜 이러시는 거죠? 좋아요, 소장님 말대로 저도 행동에 문제가 있었다고 생각해요. 하지만 누구든 살아가다 보면 실수라는 걸 해요. 그리고 실수는 다른 방법으로 만회할 수 있는 일이구요."

현선은 허락을 받지 않고 의뢰를 받은 일 때문에 화가 난 것은 이해하지만, 실수에 비해 너무 가혹한 처사가 아니냐며 따지고 들었다.

"제갈현선, 여전히 착각을 하고 있군."

"착각이라뇨?"

"나는 너에게 허락을 구하는 사람이 아니다. 그리고 너는 나에게 뭔가 요구를 할 수 있는 사람도 아니지."

"……."

"무슨 생각으로 이렇게 일을 벌이는지까지 물어보진 않겠다. 하지만 더 이상 내 주변에서 얼쩡거리는 것은 보고 싶지 않다. 돌아가."

"좋아요, 그렇게 하죠. 하지만 한 가지 묻고 싶은 게 있어요. 대답해주면 당신이 원하는 대로 사라져 주죠."

"들어보지."

"당신 말대로 모두 내 잘못이고 내 실수예요. 그런데 꼭 내 뺨을 때려야 했나요?"

"맞을 만했으니까."

"맞을 만했다. 구체적으로 설명해주시겠어요?"

"의뢰비를 날린 것은 물론이고 위약금까지 물었다. 피해액만 따져도 금자 이백오십 냥이다. 뺨 한 대로 끝난 걸 다행으로 알고 그만 가봐."

"그래요? 뺨 한 대에 금자 이백오십 냥이라……. 확실히 적은 비용은 아니군요."

"알았으면 그만 사라져."

관치는 더 이상 할 말이 없다는 듯 안쪽으로 걸음을 옮겼다.

"하지만!"

현선은 목소리를 높이며 다시 한 번 관치의 발걸음을 멈춰 세웠다.

"내지 못할 돈도 아니죠."

현선은 품 안에서 금자 1백 냥짜리 전표 2장과 50냥짜리 전표 1장을 꺼내더니 탁자 위에 올려놓았다.

관치의 시선이 현선과 전표를 오가며 '무슨 뜻이지?' 하는 표정을 지었다.

"받은 건 갚아야 하지 않겠어요? 당신이 말한 뺨 한 대의 값어치, 돌려주도록 하죠."

현선은 뚜벅뚜벅 관치 앞으로 걸어오더니 거침없이 손을 휘둘렀다.

관치의 뺨을 노리고 날아든 현선의 손은 막 얼굴에 닿으려는 순간 더 이상 나아가지 못하고 멈춰버렸다. 관치가 곧바로 손을 잡아챈 것이다.

"놔요!"

"웃기는군."

"이거 놔!"

"결국 어려운 게 뭔지도 모르고 귀하게 크신 분들의 한계가 뭔지, 그걸 증명하려고 이렇게 달려온 건가?"

"……."

"금자 이백오십 냥이라……. 제갈 가주도 미쳤군. 이 정도 금액이면 세가가 아무리 능력 있다고 해도 만만치 않은 돈일 텐데. 이렇게까지 나에게 붙어 있어야 할 이유라도 있는 건가?"

관치는 싸늘한 눈빛으로 현선을 바라보다가 그대로 밀어 버렸다. 휘청거리며 몇 걸음 물러난 현선은 빨갛게 물이 든 팔목을 쓸어내렸다.

관치는 성큼성큼 걸어가 탁자 위에 놓인 전표를 집어 들었다.

"장난은 여기까지다. 가주에게 전해. 세가에서 있었던 일은 더 이상 서로의 관심사가 아니라고. 하지만 오늘 이후로 나와 관련된 어떤 것이라도 제갈가가 관련이 될 예정이라면 쓸데없는 짓은 하지 않는 게 좋을 거라고. 그렇게 전해."

관치는 전표를 현선에게 던져 버리고, 멍한 표정으로 두 사람을 바라보고 있는 남궁보륜에게 손짓을 했다.

"네… 네."

"오늘 이후로 제갈현선이 내 눈앞에 보이는 날엔 네가 각오를 해야 할 거야."

"네?"

남궁보륜은 으르렁거리는 관치의 음성에 '내가 무슨 수로 막습니까?' 하는 표정을 지었지만, 관치는 '그건 알아서 하는 거지.' 하는 표정으로 보륜을 바라보더니 안으로 들어가버렸다.

◈　◈　◈

"선이, 솔직히 말해보게."
"뭘 말인가?"
"현선이가 관치에게 접근한 것, 처음부터 자네의 의도였나?"
"무슨 말을 하는 건가? 나는 모르는 일이라 하지 않았나!"
"모르는 일이라고 하기엔 좀……. 금자 이백오십 냥이면 세가의 반년 예산에 가깝네. 그런데 그런 돈을 내놓을 정도라면 목적하는 바가 있기 때문 아닐까?"
"내가 그 돈을 내놓은 것은 현선이 자신의 실수를 솔직히 이야기하고 도움을 청했기 때문이네. 그리고 제일홍신소와는 척을 지고 싶지 않아야 한다는 것 정도는 자네도 아는 사실 아닌가?"
제갈선은 억울하다는 듯, 절대 다른 의도나 계획된 사항에 따라 현선이 관치와 함께하게 된 것은 아니라고 이야기했다.
"거기다 나는 세가의 일이 있고 나서는 곧바로 맹으로 이동했네. 그사이 무슨 수로 그 많은 일을 꾸미고 준비한단 말인가. 그것도 제일홍신소를 상대로? 말이 된다고 생각하는가?"

"흠, 짧은 시간에 일을 꾸밀 수 없다는 말은 신용이 가지 않지만, 제일홍신소를 상대로 뭔가 꾸미는 짓을 하지 않는다는 말은 어느 정도 공감이 가는군."

남궁철은 그래도 여전히 의구심이 풀리지 않는다는 듯 제갈선을 쳐다봤다.

"이보게, 관치, 뭔가 말을 좀 해보게. 나는 절대 관치 그 친구를 목적으로 일을 꾸미거나 한 적이 없다는 말일세."

"네, 맞습니다. 제갈 가주께서는 솔직히 관치가 누군지도 모르는 상태였고, 정체를 알게 된 것은 따님을 통한 것이 확실합니다."

관치는 제갈선이 진실을 말하고 있다며 고개를 끄덕여 줬다.

"보게. 저 사람도 그렇다 하지 않는가."

"그래? 좋아. 일단 그렇다고 해두지. 그런데 하오문은 무슨 말이야? 제갈가가 하오문과 손을 잡고 있다니."

"그것도 오해일세. 하오문이 어느 한 곳과 손을 잡고 그럴 곳인가? 목에 칼이 들어와도 중립을 지키는 문파가 아닌가. 자칫 어느 한쪽으로 붙었다간 정보 유실을 방지하기 위해 타 문파에 멸망을 당하고 말 텐데."

제갈선은 어떻게 해서 그런 말이 나왔는지는 모르겠지만 정말 모르는 일이라 하소연했다.

"관치, 자네가 이야기해보게. 좀 전에 그러지 않았나. 제갈가와 하오문은 뭔가 연결이 되어 있다고."

"네, 그랬습니다."

"자네는 그냥 이야기를 하는 게 목적인지 모르겠지만, 나나 제갈가에겐 중요한 일일세. 만에 하나 어느 한 곳에서 악의적 목적을 가지고 하오문과 손이라도 잡는 날엔 무림에 피바람이 몰아칠 것이네. 물론 제갈가도 무사하지 못할 것이고 말이야."

"그렇게 민감한 사안이라면 이야기를 하지 않는 게 좋지 않겠습니까?"

"아니지, 민감한 사안이기 때문에 오해가 없도록 해야지. 자네가 뭔가 있는 것처럼 말해놓고 입을 다물어버리면 세상 사람들이 어떻게 생각하겠는가?"

"제갈가의 협박에 입을 열지 못했다고 생각들 하겠죠."

"내 말이 그 말일세. 저 친구가 아무리 머리 좋고 뭔가 꾸미는 걸 즐긴다 하지만, 그건 어디까지나 세가의 입장에서 또는 무림을 위한 방편을 만들어낼 때뿐이네. 그런데 하오문과 결탁했다는 오해는 물론, 그 사실을 알고 있는 사람이 협박 때문에 입을 다물어버렸다는 말이 새어나갔다간 일이 복잡해져 결국엔 피를 보게 된다는 말이지."

"바로 그것입니다."

"그게 무슨 뜻인가?"

"저에게 이야기를 부탁했던 연준하가 그렇게 말했습니다.

제갈가는 하오문과 연관이 되어 있다. 그러나 그 이야기를 길게 할 필요는 없다. 단지 연결이 되어 있다는 정도에서 끝내면 될 것이다. 피는 볼 자들이 볼 것이니 자세한 것은 알아봐야 손해라고 이야기해주지 않더군요."

제갈선은 관치에게 지시를 했다는 자가 연준하라는 말에 얼굴이 붉게 달아올랐다.

"화산검협이 왜 우리 제갈가를 적대시한다는 말인가!"

"그건 저도 모릅니다. 단지 그렇게 하고 나면 나머지는 알아서 돌아갈 것이니 신경 쓸 필요 없다는 말만……."

관치는 더 이상은 자신도 모른다며 입을 다물어버렸다.

제6장. 청천벽력(青天霹靂)

청천벽력(青天霹靂)

-맑은 하늘에 벼락이라는 뜻으로, 필세(筆勢)가 약동함을 비유하거나,

갑자기 일어난 큰 사건이나 이변을 비유하여 이르는 말

 예상치 못한 관치의 발언은 걸음을 옮기며 이야기를 듣고 있던 사람들을 작은 혼란 속으로 몰아넣었다.

 제갈가에서 당문의 생존자들을 잡아두려 했던 이야기 때문에 좋지 않은 시선을 가지고 있던 표국 사람들이었다. 이야기가 진행되는 동안 제갈현선의 긍정적 등장으로 어느 정도 감정이 희석되기도 했고, 남궁철과 함께 등장하면서 제갈선에 대한 평가도 조금은 완화되었다. 그러나 마치 표적이라도 된 듯, 제갈선과 제갈세가의 이면에 알려지지 않은 무엇인가가 존재할 수도 있다는 관치의 말에 잠시나마 잊고 있던 부정적 감정들이 다시 표면으로 올라온 것이다.

 제갈선은 사람들의 시선에 당혹감을 감추지 못했고, 모든

게 오해라고 변명을 했지만 한번 틀어져 버린 시선은 쉽사리 사그라지지 않았다.

 이놈, 저놈 할 것 없이 의심스러운 표정을 보이는 표국 사람들의 태도에 당장이라도 실력 행사를 하고도 싶었지만, 이곳엔 표국 사람들만 있는 게 아니었다. 오대세가의 무인들 중에 최고수로 평가받는 남궁철은 물론이고, 아미의 신진 고수와 능력을 드러내지 않은 종남의 검객, 거기다 남궁철마저 꺼려하는 초 영감이란 자까지 끼어 있었기에 실력 행사는 스스로 자폭을 하는 결과가 되고 말 것이다.

"끙."

 제갈선은 답답하고 미치겠다는 듯 사람들을 바라보다가 길게 한숨을 내쉬었다.

"도대체 왜 이런 식으로 이야기가 흘러가는진 모르겠지만, 내 억울한 심정은 무당에 가면 밝혀질 것이오."

"무당산에 가면 억울함을 풀 수 있다니, 그게 무슨 뜻인가?"

 남궁철은 제갈선의 말에 이해가 되지 않는 듯 고개를 갸웃거렸다.

"관치 저 사람에게 이 이야기를 시켰던 사람이 와 있을 것 아닌가! 이야기를 하라고 지시했던 당사자를 만나게 된다면 모든 게 밝혀질 거란 말일세."

"흠, 그것도 틀린 말은 아니네만… 만에 하나 의혹이 진실이 되면 어떻게 할 생각인가."

남궁철의 음성은 은근히 제갈선에 대한 배신감이 배어 있었다.

"자네마저 나를 의심하는 것인가?"

"의심이 들게 행동한 사람은 바로 자네일세."

"나와 알고 지낸 세월이 얼마인데……. 자네에게 실망했네."

제갈선은 도와주진 못할망정 오히려 자신을 궁지로 몰아가는 남궁철의 태도에 크게 못마땅한 표정을 지었다.

조용히 대화를 듣고 있던 용문진은 또다시 생각에 잠겼다. 자신의 사형들이 중원의 무림 단체 몇 곳과 암암리 손을 잡고 있음을 알고 있었다. 물론 자신도 차후 무림 정복이 마무리된 다음 사형들과의 경쟁에 대비해 포섭해놓은 문파나 인물들이 존재했다.

'누굴까. 대사형? 아니면 둘째 사형? 누가 제갈세가와 손을 잡은 거지?'

용문진은 관치의 이야기 속에서 제갈세가를 예의 주시하고 있다는 백발 괴인을 떠올렸다. 자신이야 무림 대계가 마무리될 때까지 포섭한 세력을 움직일 생각이 없었지만, 사형들은 이미 뭔가를 꾸미고 있을지도 모른다는 생각이 든 것이다.

'만에 하나 무당에서 전면전이 벌어지게 된다면……'

용문진은 개개인의 승패도 중요하지만, 결국엔 무시 못 할 세력을 끌어 모은 자가 최후의 승리를 가져갈 수도 있다는 생각이 들었다.

'무당에 도착하면 나도 준비를 해야 하겠군.'

용문진은 여전히 억울한 표정으로 씩씩거리고 있는 제갈선을 바라보다가 피식 웃음을 보였다. 누구와 손을 잡고 있는진 모르겠지만 무당산에 도착함과 동시에 정복문 쪽으로 등을 돌릴 게 뻔했기 때문이다. 이미 의심의 눈초리는 깊어져 버렸고, 관치가 자신의 비밀을 알고 있을지 모른다 생각할 것이니 선택의 여지가 없게 된 것이다.

'일이 재미있게 돌아가는군. 관치, 네가 어디까지 준비한 진 모르겠다만 서운치 않게 즐겨 주마. 크크크크. 사형들, 나는 그나마 관치 그자와 얽히고설켜 맛을 좀 보았소만, 이제 어쩔 것이오. 무당에서 만나면 계속해서 잘난 척할 수 있을지 한번 지켜보리다.'

제갈세가는 뭔가 감추고 싶은 비밀이 있다는 관치의 말에 분위기가 이상하게 돌아가자, 상황을 지켜보고 있던 임표표가 입을 열었다.

"두 분 가주님."

"왜 그러시나?"

"관치 저 사람이 어떤 의도로 그런 말을 뱉었는지는 모르겠습니다. 그 때문에 두 분의 감정이 좋지 않으시다는 것은 말하지 않아도 알 수 있습니다만, 제갈 가주님 말씀대로 진실은 무당에서 찾으시는 게 좋을 것 같습니다."

"무슨 뜻인가?"

"저는 관치 저 사람에게 꼭 들어야 할 이야기가 있습니다. 당장 이곳에서 결정을 내실 게 아니라면 두 분의 이야기는 잠시 뒤로 미뤄주시면 안 되겠습니까?"

사람들은 임표표의 말에 고개를 끄덕이며 두 사람을 바라봤다. 정작 자신들 입장에서는 제갈세가가 무슨 짓을 했건 직접적 연관이 없어 굳이 끼어들고 싶지 않았던 것이다. 그렇지 않아도 듣지 말아야 할 말을 들은 것 같아 찜찜한 기분인데, 두 사람의 설전이 계속된다면 정말 귀를 자르고 눈을 파내야 할지도 모르는 치부가 튀어 나올 수도 있었다.

"분위기를 보시면 아시겠지만, 듣지 않아도 될 이야기 때문에 헛되이 목숨을 잃는 이가 나올 수도 있습니다."

남궁철과 제갈선은 임표표의 말에 고개를 끄덕였다. 자신들 역시 언성이 높아지다 보면 하지 않아도 될 말까지 꺼낼 수 있음을 잘 알고 있었다.

"무공만 높은 줄 알았더니 마음을 쓰는 것 역시 낮지 않구나. 아미에서 애지중지한다더니 헛말이 아니었어."

남궁철은 다시 봤다는 듯 임표표를 바라봤다.

"감당하기 어려운 말씀입니다. 저는 단지 아직 풀지 못한 궁금증이 있어 그런 것입니다."

"좋다. 이유가 어찌 되었든 틀린 말은 아니니 그렇게 하도록 하지."

남궁철과 제갈선이 충분히 공감한다는 듯 설전을 멈추고 한발 물러서자 다시 사람들의 시선이 관치 쪽으로 이동했다. 무당까지의 거리라고 해봐야 얼마 남지 않은 데다 지금 속도로 이동을 한다고 해도 해질녘이면 무당 산문에 도착할 것이 분명했다. 그렇게 되면 각자의 위치로 흩어지게 될 것이고, 관치의 이야기는 더 이상 들을 수가 없게 되는 것이다.

"계속 이야기를 하는 분위기군요."

관치는 어깨를 으쓱거리며 굳게 닫고 있던 입을 열었다.

"네, 계속 이야기를 해야 하는 분위기가 되었군요."

임표표는 이제 자신의 이야기를 해줄 때도 되지 않았냐는 듯 관치를 바라봤다.

"임 소저께서 듣고 싶은 이야기는 관치 그 사람이 소저를 어떻게 보고 있냐 하는 것이겠죠?"

"부인하지 않겠어요."

후기지수들 중에서도 미모와 무공을 모두 갖춘 여인은 손에 꼽을 정도였다.

그런데 그중에서도 가장 의협심이 강하고 무공이 높다는

임표표가 자신을 따르며 선망의 눈길을 보내는 수많은 사내들을 마다하고, 10년 이상 차이가 나는 관치에게 관심을 둔다는 것은 강호 비사나 마찬가지였다.

"좋습니다. 하지만 아직 해야 할 이야기가 있으니 조금만 더 기다려 주십시오. 무당에 도착하기 전에는 소저가 듣고 싶어 하는 부분을 이야기할 수 있으니 말입니다."

"좋아요. 하지만 무당에 도착하기 전에 이야기를 하겠다는 약속, 꼭 지키길 바랍니다."

◎ ◎ ◎

무명이라 불리며 청소와 구타가 일상이 돼버린 남궁보륜은 관치가 사라진 방향을 뚫어질 듯 바라보고 있는 현선을 보며 뭐라고 이야기를 꺼내야 할지 판단이 서지 않았다. 방금까지 선배라 부르며 조심해야 했던 대상이 축객의 목표가 되어버렸으니, 보륜 입장에선 난감하기 이를 데 없었다.

"제갈 소저……."

"…했지."

"네? 뭐라고 하셨는지……."

"선배라고 부르라 했지."

"……."

남궁보륜은 이 상황이 돼서도 자신을 선배라고 부르라는

제갈현선의 태도에 헛웃음이 나왔다.

"제갈 소저, 도대체 무슨 사연이 있는진 모르겠지만, 저자와 떨어지게 된 걸 다행으로 여겨야 하는 것 아닙니까?"

만약 자신에게 이런 일이 생겼다면 '얼씨구나.' 하며 당장 돌아갔을 거라며 제갈현선을 바라봤다.

"만약 네가 나 같은 실수를 했으면 운이 좋아야 반신불구야. 그나마 나니까 이 정도 수준이라는 걸 못 느끼겠어?"

"그게 무슨……."

보륜은 황당한 소리 그만 하라는 듯 다시 허허 웃음을 보였다.

"나는 나갈 생각이 없으니 괜한 소리 지껄이지 말고 차나 한 잔 내와. 긴장했더니 목이 마르다."

'이런, 빌어먹을. 오냐오냐해주니까 못하는 소리가 없네.'

남궁보륜은 당당하다 못해 아주 미친년처럼 행동하는 제갈현선의 모습에 '먹고 싶으면 네가 가져다 먹어!'란 말을 던지고 자신 역시 안으로 들어가버렸다.

홀로 남겨진 제갈현선은 분한 마음을 가라앉히려는 듯 주먹을 움켜쥐더니 연방 심호흡을 해댔다. 그러나 흥분해 소리를 지르거나 남궁보륜의 뒤통수에 주먹을 날리는 짓 따위는 하지 않았다.

"이렇게 끝낼 수는 없지……."

제갈현선은 눈을 가늘게 뜨고 뭔가에 귀를 기울이는가 싶더니, 굳어 있던 얼굴이 차츰 풀리기 시작했다.

"정말 그렇게 하면 될까요?"

제갈현선은 텅 빈 공간에 의미를 알 수 없는 혼잣말을 늘어놓았다.

"네, 해보겠습니다. 아니, 꼭 하고 말 겁니다."

현선은 다시 한 번 허공을 향해 중얼거리더니, 관치가 쉬고 있을 그의 방으로 성큼성큼 걸음을 옮겼다.

◎　　◎　　◎

"잠깐!"

이야기를 시작한 지 얼마 되지도 않아 잠깐이라는 말이 튀어나오자 '아니, 왜?' 하는 표정들이 와르르 쏟아졌다. 그러나 다른 때 이야기를 끊었던 사람들이 대부분 등장인물이었거나 그와 관련이 있는 사람들이었다면, 이번에 관치의 이야기를 끊은 사람은 초 영감이었다.

"영감님, 벌써부터 이야기를 끊고 그러십니까?"

함께 수레를 끌던 쟁자수가 불만 섞인 얼굴로 초 영감을 바라봤다.

"아니야. 짚고 넘어가야 할 부분이야."

초 영감은 다 이유가 있어서 그렇다며 관치에게 곧바로 질문을 던졌다.

"제갈현선이 혼잣말을 했다는 부분 말일세."

"네, 영감님."

"누구인가?"

"네?"

"제갈현선에게 전음을 날린 사람이 누구냐, 이 말일세. 혹시 제갈 가주인가?"

제갈선은 초영감의 말에 화들짝 놀란 얼굴을 하고 당장에 손을 내저었다.

"왜 자꾸 나를 걸고넘어집니까. 난 진짜 아무런 상관이 없다고 하지 않았습니까!"

"그건 들어보면 알겠지. 어서 말해보게. 제갈현선을 배후 조종하는 사람이 도대체 누구인가? 자네는 나머지 이야기도 모두 알고 있을 것이니 그가 누군지 알 것 아닌가?"

관치는 느닷없이 제갈현선의 배후를 밝히라는 초 영감의 말에 난감한 표정을 지었다.

"그게, 이 이야기는 절대적으로 순서를 지켜서 해야 한다고 했기 때문에⋯⋯."

"어허, 그러지 말고 어서 말을 해봐. 제갈현선의 동선(動線)을 관리하는 자가 도대체 누군가?"

사람들은 초 영감의 적극적인 질문 공세에 이상하다는 표정이 되었다. 제갈현선이 누구의 지시를 받건 초 영감과는 무관한 일 아닌가 말이다.

진하석은 눈을 가늘게 뜨며 초 영감을 바라보더니 조곤조곤한 목소리로 질문을 던졌다.

"초 영감님, 왜 그걸 초 영감님이 궁금해하는 겁니까? 솔직히 제갈 소저에게 배경이 있다면, 그건 남궁 가주님이나 여기 제갈 가주님이 더 궁금해해야 하는 것 아닙니까?"

"내 말이 그 말일세."

 초 영감은 진하석의 말에 공감을 한다는 듯 연방 고개를 끄덕였다.

"네? 그건 또 무슨 말입니까?"

 당연하다는 듯 자신의 말에 고개를 끄덕이는 초 영감의 태도에 진하석은 뭔 소리를 하는 건지 모르겠다며 어이없는 표정이 되었다.

"남궁 가주와 제갈 가주가 얼마나 궁금하겠냐, 이 말일세. 하지만 방금까지 분위기가 냉랭했는데 아무리 궁금하다고 해도 또 이야기를 끊는 건 어렵지 않겠냐, 이 말이지."

"그러니까 영감님 말은……."

"내가 대신 그 궁금한 부분을 콕 집어줬다는 뜻이야."

 진하석은 초 영감의 말에 어이없는 표정을 지었다가 뭔가 기분이 이상했는지 고개를 갸웃거렸다.

'뭐지? 뭔가 잘못된 것 같은데…….'

 평소와 다른 뭔가 어색한 기분이 들었던 진하석은 이유를 찾고자 잠시 고민하다가 초 영감을 향해 눈을 부라렸다.

"아니, 이 영감탱이가 지금 누구보고 이래라저래라 하는 거야?"

곰곰이 생각해보니 언제부턴가 자신은 말을 높이고 쟁자수 영감은 말을 낮췄던 것이다. 감히 표국의 쟁자수 따위가 표사도 아닌 표두에게 하대를 해대다니.

사람들도 그제야 이상하다는 걸 깨달았는지 황당한 표정으로 초 영감을 바라봤다. 알아 모셔도 부족할 판에 자신이 몸담고 있는 표국의 표두를 어린 사람 대하듯 해버렸으니, 진하석의 성격을 생각하면 사단이 나도 크게 날 판이었다.

초 영감이 워낙 자연스럽게, 본래 그랬던 것처럼 말을 내려서 표국 사람들 모두 거슬리는 느낌을 못 받은 것이다. 그러나 이제 와 생각하니 초 영감이 노망이 나거나 미치지 않고서는 있을 수 없는 행동을 했다 생각하자 황망한 표정이 되었다.

"아, 그게 아니라……."

"그게 아니라고? 감히 쟁자수 주제에 뭐가 어쩌고 어째?"

진하석은 정말 화가 났는지 얼굴까지 붉힌 채 당장이라도 검을 빼들 기세였다.

"영감님, 빨리 잘못했다고 비세요. 이러다 큰일 나겠습니다."

초 영감 주변에 있던 쟁자수들이 왜 그러고 있느냐며 연방 입을 나불댔다.

"음……."

 그러나 주위의 걱정에도 초 영감은 뭔가 결정이 필요하다는 듯 고민하는 표정이 역력했다.

"남궁 가주가 좀 나서줘야 할 것 같은데……."

 남궁철은 자신에게 나서달라는 초 영감의 말에 찜찜한 표정을 지었다. 현재 표행 무리 안에서 초 영감의 정체를 정확히 아는 사람은 자신밖에 없었다. 하지만 정체를 안다고 해서 무작정 이 영감이 바로 그 영감이오, 할 수도 없는 일 아닌가.

 '젠장, 정체를 밝혀 달라는 거야, 아니면 말을 편하게 할 수 있도록 힘을 써달라는 거야.'

 남궁철은 초 영감의 눈짓에 짜증이 올라왔다.

 '정체를 밝힐 생각이었다면 스스로 밝혔겠지. 휴, 뭐라고 말을 해야 이 짜증나는 상황이 마무리되려나.'

 내심 어리디어린 녀석에게 혼쭐이 나는 모습을 즐기고 있던 남궁철이었기에 초 영감의 부탁은 그다지 내키지 않았다.

"이보게, 남궁 가주, 왜 그러고 있는 건가?"

 '쳇, 언제부터 돕고 살았다고.'

 초 영감이 남궁철을 물고 늘어지자 사람들은 초롱초롱한 눈빛으로 그를 바라봤다. 솔직히 막사 안에서 이야기를 나누는 동안 남궁철이 초 영감에게 조심스러운 태도를 보여

왔기에, 내심 초 영감이 한때 무시 못 할 사람이었을 거라고 생각하고 있었다.

진하석 역시 다른 사람들과 마찬가지로 초 영감의 정체가 평범한 쟁자수가 아닐 수도 있다고 생각했으면서도, 평소 성격이 튀어나오는 바람에 좀 난감한 상태였다. 한마디로 은거 고수일지도 모르니 조심을 하자는 생각이 은연중 지배를 하고 있었기에 자신도 모르게 말을 높였던 것이고, 남궁철이 나타난 뒤론 초 영감의 위치가 미묘하게 변해버려 그가 말을 낮춰도 어색함을 느끼지 못했던 것이다.

문제는 그렇게 생각하며 판단하고 넘어갔던 것을, 기절했다 일어난 뒤로 자신이 어떤 마음을 가졌는지를 잠시 망각하면서 사단이 벌어진 것이다.

'내가 지금 무슨 짓을 한 거야.'

막상 큰소리를 쳤지만 말을 뱉음과 동시에 후회가 물밀듯이 밀려온 진하석이었다.

"이보게, 진 표두."

"아, 네."

"자네도 이미 느끼고 있겠지만… 저분은……."

사람들은 제일흥신소는 물론 무림 명숙들과도 인연을 맺고 있는 초 영감의 정체가 무척이나 궁금했기에 귀를 쫑긋거리며 남궁철의 말에 집중했다.

"은거 기인일세."

"으, 은거 기인이셨군요."

"그렇지. 보통 은거 기인들은 자신의 정체를 밝히기 꺼려하는 점이 있잖은가. 오늘 어쩌다 보니 예전 습관이 나오신 것 같은데, 상사인 자네가 이해를 하고 넘어가는 게 어떻겠나. 어차피 따지고 들어봤자 다 늙은 쟁자수 하나를 핍박한 것밖에는 되지 않으니 무슨 이득이 있겠나. 그리고 이건 노파심에서 하는 말이네만, 내가 아는 은거 기인들은 대부분 성격이 아주 지랄 맞더군. 아, 물론 저 영감님이 그렇다는 뜻은 아니네."

"남궁 가주님 말씀을 듣고 보니 확실히 그런 것 같습니다. 그렇게 하도록 하겠습니다."

남궁철은 은근슬쩍 초 영감을 상대할 필요 없는 고약한 늙은이 정도로 치부해버렸다.

진하석은 평소 자존심이 강하고, 아무리 실수로 뱉은 말이라 할지라도 표국 사람들에겐 양보의 미덕을 보인 적이 없었다. 과거 했던 행동들 때문에 이제 와 고개를 숙이기도 민망한 처지였는데, 남궁철이 알아서 자신의 위신을 세워주니 진하석은 당연히 그렇게 하겠다며 입장을 정리해버렸다.

'남궁철, 저 자식이.'

초 영감은 자연스럽게 자신을 괴팍한 은거인으로 만들어버린 남궁철의 행동에 슬쩍 부아가 치밀었지만, 자신 역시 깔아둔 포석이 있기에 생각을 비워버렸다.

'나중에 따지고 들면 이걸로 퉁 치면 되겠군.'

남궁철은 자신의 말에 얼굴이 구겨지는 초 영감을 보며 흡족한 표정을 짓다가, 그가 다시 본래의 신색을 되찾자 '회복도 빠르네.' 하는 얼굴로 입맛을 다셨다.

관치는 동행들의 관계가 기묘하게 흘러가는 걸 구경하다가 대충 정리가 되는 듯하자 다시 입을 열었다.

"초 영감님."

"그래, 말을 해보게."

"말씀드렸다시피 앞에 있는 이야기를 먼저 할 수는 없습니다."

"끙, 좋아. 그럼 그 전음을 보낸 사람이 누구인지는 알고 있는 건가? 그것만 이야기해보게."

"이름 석자만 알고 있습니다. 나머지는 저도 잘······."

"좋아, 때가 되면 이름 석자를 말해주게. 꼭 그렇게 해야 하네."

"알겠습니다."

사람들은 초 영감의 태도에 여전히 이상하다는 표정을 지우지 못했다.

그러나 백발 괴인이 초 영감이고, 초 영감이 화산파 전대 장문인 조성은임을 알고 있는 남궁철은 그가 왜 그렇게 제갈현선의 배후에 관심을 보이는지 충분히 이해가 됐다. 그가 관치를 찾아 제일흥신소에 온 것부터가 제갈가를 감시하고, 제갈현선을 조정하는 자가 누구인지 그것을 알아내기 위해서임을 잘 알고 있었기 때문이다.

'그런데 이상하네. 장문인 자리에서 물러난 뒤론 말 그대로 은거를 했다고 들었는데, 언제부터 밖에 나와 있었던 거지?'

남궁철은 지금쯤 우화등선을 했을지도 모른다 생각했던 사람이 멀쩡하게, 그것도 표국의 쟁자수로 돌아다니자 수많은 생각들이 머릿속을 떠다녔다.

'하긴, 은거 괴인의 결정판이 다시 움직이기 시작했으니 그의 사람들이 모습을 나타내는 건 당연한 일일지도.'

남궁철은 몇 달 전부터 무림의 정세가 급격하게 변하고 있음을 이미 알고 있는 상태였다. '그'의 갑작스런 연락에 세가의 사람들보다 먼저 움직이게 된 것도 모두 현 무림의 상황에 다른 이들보다 한 걸음 빨리 대비를 하기 위해서였다.

'연판장에 수결을 하긴 했지만……'

남궁철은 이야기꾼 관치 쪽으로 시선을 돌리더니 고민스런 표정을 지었다. 도무지 무슨 생각으로 이런 일을 꾸미고 있는 것인지, 과연 이런 방법으로 적들을 막아낼 수 있는 것인지 납득이 가질 않았다.

"조금만 더 가면 죽산입니다. 일단 그곳에서 잠시 쉬었다 가도록 하겠습니다."

진하석은 밤새 산속에서 보낸 것 때문에 모두 지친 데다 재대로 식사도 못한 상태였기에 객잔에서 쉬어갈 것임을 모두에게 알렸다.

"죽산이라……."

진하석의 입에서 죽산이라는 말이 흘러나오자 남궁철의 얼굴에 만감이 교차했다. 자신이 온갖 고생을 하며 세가를 일으키기 위해 준비를 하던 곳이 바로 죽산이었다.

"죽산이면 관치 그 친구의 고향 아니던가?"

쟁자수 하나가 관치가 처음 이야기를 시작할 때를 떠올리며 입을 열었다.

"그렇지. 이보게, 관치, 자네 목적지가 죽산이지 않았나?"

사람들은 관치의 목적지가 죽산이라는 말에 '무당으로 가는 것 아니었나?' 하는 표정이 되었다. 관치의 첫 이야기가 고향에 돌아가는 길로 시작하긴 했지만, 지금에 와선 그 모든 게 관치의 이야기를 하기 위해 멍석을 깐 것이라 생각했기 때문이다.

"네, 제 목적지는 죽산이 맞습니다."

"앵? 정말 죽산이 목적지란 말인가? 그건 단지……."

"이야기를 하기 위해 떠들어댄 것에 불과하지 않냐, 이거겠죠?"

사람들은 관치의 말에 연방 고개를 끄덕였다. 정말 관치의 목적지가 죽산이라면 무당산에 도착하기 전에 이야기를 끝내겠다는 그의 말은 어패가 있었기 때문이다.

"아닙니다. 제 목적지는 죽산이 맞습니다."
"하지만 무당산에 도착하기 전까지 이야기를……."
"그것도 사실입니다."
"도대체 무슨 소리를 하는 건지."
"일단 제가 이야기를 하는 것은 죽산까지입니다."
"일단?"

거기까지만 이야기를 하도록 되어 있다는 관치의 말에 '그럼 혹시 또 다른 이야기꾼이 기다리기라도 한다는 것인가?' 하는 표정이 되었다.

"죽산에 있는 객잔에 도착을 하면 저는 임무가 끝납니다. 하지만 제 뒤를 이어 계속 이야기를 이어갈 다른 사람이 기다리고 있을 것입니다."

"허허허."

사람들은 관치의 이야기를 이렇게 복잡하게 이어갈 정도로 준비가 되어 있다는 말에 어이없는 얼굴이 되었다.

단순하게 보면 관치란 사람의 과거사를 떠드는 정도일 뿐이지만, 머리가 비지 않은 이상 이렇게까지 이야기를 하는 것은 분명히 뭔가 사연이 있다는 것 정도는 알 수 있었다. 그것도 무림과 밀접한 뭔가가 있다고 생각할 정도로 말이다.

하지만 어느 개인의 과거사를 이야기하는 것이 도무지 어떤 효과를 가지고 있는진 아무리 생각해봐도 이해가 되질 않았다.

관치가 죽산에서 임무를 마무리한다는 말에 민감한 반응을 보인 것은 아미 검객 임표표였다. 분명히 무당산에 도착하기 전에 자신이 궁금한 부분을 풀어주겠다 했던 관치였다. 그런데 이제 와 죽산에서 자신의 임무는 끝이라니.

임표표의 표정이 차갑게 변했다.

"약속을 어기겠다는 뜻입니까?"

"네?"

관치는 자신을 바라보며 차갑게 말하는 임표표의 모습에 어리둥절한 표정을 지었다.

"무당산에 도착하기 전까지 내 이야기를 들려줄 수 있다고 하지 않았나요?"

"아, 물론입니다. 분명히 이야기를 들을 수 있을 겁니다. 하지만 다른 사람을 통해서입니다."

"흥, 지금까지 이야기를 늘어놓던 당신이 빠지고 다른 사람이 합류한다니."

임표표는 왜 하필이면 죽산에서 임무를 끝내는지 모르겠다며 관치를 바라봤다.

"그건 저에게 물을 게 아니라 저 사람, 연준하에게 묻는 게 빠를 겁니다. 저는 단지 죽산까지 부탁을 받았을 뿐입니다."

관치는 이번에도 어김없이 연준하를 가리키며 자신은 모르는 일임을 강조했다.

"또 헛소리를 시작하는군. 나는 당신에게 뭔가 지시한 적이 없다고 하지 않았나."

 연준하는 어떻게 말문이 막힐 때마다 자신을 핑계 대냐며 짜증난 표정을 지었다.

 그러나 임표표의 시선은 이미 연준하에게 꽂힌 상태였다.

 "당신도 죽산까지만 이동을 하기로 했나요?"

 "네? 아니요. 저는 무당산 초입까지입니다."

 연준하는 자신이 가야 할 곳은 아직 멀었다는 듯 고개를 저었다.

 제갈선 역시 왜 이렇게 상황이 흘러가는지 파악하고자 머리를 굴려 봤지만 뭔가 유추해내기엔 정보가 터무니없이 부족했다. 일단은 죽산에 도착해 돌아가는 모습을 지켜보는 게 좋겠단 생각이 들었다.

 "흠, 왜 갑자기 이야기꾼이 교체되는진 모르겠지만, 일단 죽산에 도착하면 알게 되겠지."

 "나도 동감이네. 하긴, 자네 입장에선 관치 저 사람이 껄끄러울 수도 있겠군."

 남궁철은 '너의 무엇인가를 알고 있는 관치가 불편하겠지?' 하는 표정을 지었다.

 "이보시게, 남궁 가주, 누누이 이야기했지만 모든 진실은 무당산에 도착하면 밝혀질 거라고 하지 않았나."

 제갈선은 왜 또 그 이야기를 꺼내느냐며 못마땅한 표정을 지었다.

사람들의 대화를 지켜보고 있던 종남 검객 용문진은 다른 이들과 달리 머리가 터지기 직전이었다. 관치가 어느 경로를 따라 어떻게 이동을 하고 있는지도 파악이 되지 않았는데, 느닷없이 이야기꾼이 바뀐다는 말에 혼란이 온 것이다.

 '죽산에 남아서 저놈을……'

 용문진은 죽산에서 임무를 마친다는 관치의 말에, 그곳에 남아 고문이라도 가하는 게 옳은 방법인지 판단이 서질 않았다.

 '하지만 그랬다가 관치 그자가 알기라도 하는 날엔……'

 용문진은 관치와 약속했던 내용을 떠올리며 고개를 저었다. 무당산에 도착할 때까지 관치를 찾아내는 게 목적이긴 하지만, 그것은 무력이 아닌 지력을 겨루기로 했기 때문이다.

 만에 하나 자신이 먼저 약속을 깨버린다면, 아니 사형들 중에 누군가 화를 참지 못하고 일을 벌이게 된다면 자존심 강한 원로들과 문주는 패배를 선언해버릴지도 몰랐다.

 '물론 물불 가리지 않고 전면전을 벌일 수도 있을 터.'

 하지만 관치가 말했던 것처럼 현 무림과 전면전을 벌인다는 것은 아무리 문의 힘이 강력하다 해도 결코 끝이 좋지 않은 방법이었다. 깨끗한 승리, 상대가 승복할 수 있는 그런 결과가 아니고선 계속해서 피를 흘릴 뿐이었다. 자신들이 피에 미친 마인들도 아니고, 오히려 역효과만 튀어나올 것이다.

 '아니야, 이미 다른 쪽에서 관치 그자를 찾아냈을 수도 있다. 거기다 당장 찾아내지 못한다 해도 무당산에서 약속된 결전이 남아 있으니……'

 처음 이 내기가 문에서 받아들여졌을 때만 해도 용문진은 어이없는 표정을 지을 수밖에 없었다. 그러나 상대가 평정문의 4대 문주라는 걸 알게 되자 어느 정도 납득을 하고자 했고, 그동안 무림행을 결정했을 때마다 실패를 거듭했던 과거의 역사를 떠올리면 확실히 조심스러울 수밖에 없는 상황이었다.

 '문의 조사가 확실하다면 평정문은 무림에 알려지지 않은 문파였다. 거기다 무림의 일에 관심도 없는……'

 용문진은 무림에서 알려지지도 않은, 아니 무림의 일에 별다른 관심도 없는 조그만 문파가 정복문 같은 거대한 힘을 어떻게 막아냈는지 지금도 이해가 되지 않았다.

 '하지만 원로들이 조심을 하는 덴 이유가 있겠지. 직접 평정문을 겪어본 그들의 경험을 무시할 수는 없으니.'

 용문진은 차츰차츰 무림을 잠식해 들어가는 방법을 채택했던 원로들이 관치의 등장과 함께 활동을 멈추고, 방어적인 모습으로 돌아선 것에 불만스러워했다. 거기다 무림의 운영권을 놔두고 진행된 이 황당한 대결은 헛웃음이 나게 만든 것이다. 겨우 사람 하나 찾아내는 것으로 무림을 장악

할 수 있다니, 말이 되는가 말이다.

그러나 정복문 수뇌부에 전달된 연판장에 찍힌 수인을 확인한 순간 겨우 사람 하나 찾는 일이 아니라, 기필코 사람을 찾아야 되는 일이 돼버렸다. 중원 무림의 각파 수장들이 단체로 약이라도 먹은 듯, 이 황당한 내기에 수결을 맺은 것이다.

'하지만 남궁철의 반응을 봐선……'

남궁철의 수인 역시 확실히 찍혀 있는 걸 보았던 용문진은 이해가 되지 않는지 고개를 갸웃거렸다. 만약 무림 운영권을 두고 벌어진 이 대결의 내용을 알고 있다면 과연 저렇게 행동하는 게 맞는가, 하는 생각이 든 것이다.

'관치 그자가 무슨 일을 꾸미고 다니는지 전혀 모르는 눈치가 아니던가.'

잠시 고민에 빠졌던 용문진은 '설마' 하는 표정을 지었다.

'아니겠지. 정말 미치지 않고서야 무조건적으로 수결부터 찍을 인간들이 아니지 않은가. 다른 것도 아니고 자신들의 생명줄을……'

용문진은 남궁철의 태도를 보며 수결을 찍은 건 확실하지만 자신의 수결이 어떤 식으로 쓰이고 있는진 모르는 게 아닌가, 하는 생각이 든 것이다.

제7장. 일국삼공(一國三公)

일국삼공(一國三公)

-많은 사람들이 저마다 구구한 의견을 제시함

 용선 표국의 표행이 죽산 객잔에 자리를 잡은 것은 사시(巳時) 무렵이었다. 이미 해가 중천에 뜨긴 했지만 아직은 아침나절이었기에 객잔은 한산한 모습을 보였다. 점소이들은 우르르 몰려든 단체 손님들 덕에 자리를 마련하느라 부산을 떨었고, 주방에선 아침 식사를 준비하기 위해 숙수들이 부지런을 떨었다.
"이곳인가?"
 남궁철이 관치에게 말을 건넸다.
"모릅니다. 하지만 이곳일 겁니다."
"모르지만 이곳이다?"
"저는 죽산 객잔에 도착하면 할 일이 끝난다고 했습니다.

나머지는 연준하 그 사람이 알아서 준비를 했겠죠."

관치의 말에 남궁철이 고개를 끄덕였다. 관치와 교체하기 위해 준비된 자가 있다면 당연히 자신들이 온 것을 알고 있을 것이다.

그래도 혹시나 하는 마음을 가지고 있던 용문진은 이야기꾼 관치가 자신이 찾는 관치가 아니라는 데 확신이 생겼다. 만에 하나 자신이 관치라면 무당이 코앞인데 여기서 물러설 이유가 없었기 때문이다.

잠시 후 식사가 준비돼 나오기 시작했고, 밤새 비를 맞으며 고생했던 표국 사람들은 따듯한 국물에 몸을 녹이며 요기를 시작했다. 늦어도 해가 떨어지기 전엔 무당산에 오를 것이니 배를 든든히 해두어야 했다.

한편, 다른 이들과 달리 가볍게 식사를 마친 임표표가 연준하 쪽을 바라봤다.

"연준하, 당신도 이곳에서 교체가 되는 건가요?"

"나는 그런 말을 들은 적이 없습니다. 그러니 이대로 무당까지 가는 게 맞겠죠."

연준하의 대답에 고개를 끄덕인 임표표는 이번엔 손소민 쪽으로 시선을 돌렸다.

"당신은 어쩔 거죠?"

"뭘 말인가요?"

"관 속에 들어가야 하지 않나요? 당신 스스로 예상보다 일찍 깨어났다고 말했던 것으로 기억하는데."

손소민은 관 속으로 들어가라는 임표표의 말에 살포시 미소를 지었다.

"어차피 깨어나도록 되어 있었다는 말은 잊어버렸나요?"

"그래요? 하지만 예상보다 일찍이라는 말은 관치 그 사람의 계획에 포함이 되지 않은 것 아니었나요?"

사람들은 임표표의 말에 호기심이 동했는지 움직임을 멈추고 손소민을 바라봤다.

풋풋한 아름다움보다는 완숙한 미를 자랑하는 손소민이었다. 사람들의 마음을 은연중 자신이 느끼고자 하는 방향으로 이끌어가는 기묘한 매력이 있는 여인. 말없이 함께하는 동안 그것이 당연하다고 느낄 정도로 어색함 자체를 느낄 수 없었던 사람이 바로 손소민이었다.

"그 질문엔 답을 해줄 수가 없군요. 나는 목적지가 무당인지, 아니면 이곳 죽산인지도 모르고 있는 상태니 말입니다."

"스스로 어느 곳을 향하고 있는지조차 몰랐다는 뜻인가요?"

임표표는 믿을 수 없다는 눈빛을 보였다.

"그 사람이 하는 일에 일일이 의문을 품을 이유가 없기 때문이죠."

손소민은 '임표표 그대와 달리 나는 관치 그 사람이 하는 일에 절대적인 믿음을 가지고 있어요.' 하는 표정을 지었다.

"……"

임표표는 손소민의 말에 말문이 막혔는지 잠시 입을 다물었다.

"그렇군요. 당신은 관치 그 사람이 지옥에 밀어 넣어도 그렇게 웃으며 고개를 끄덕일 사람이군요."

"아니요. 저는 관치 그 사람이 저를 지옥에 밀어 넣지 않는다는 걸 믿는 사람이라고 하는 게 정확할 겁니다."

사람들은 두 여인의 짧은 대화 속에서 각각 관치에 대해 가지고 있는 느낌을 어느 정도 파악할 수가 있었다. 그리고 방금 한 대화에서 손소민은 아무렇지도 않다는 듯 여유를 보였고 임표표는 뭔가 쫓기는 듯한 인상을 받았다.

"훗."

임표표의 입에서 가벼운 웃음소리가 흘러나왔다.

"의미를 물어야 하는 건가요?"

손소민은 임표표의 웃음에 미소를 보이며 입을 열었다.

"난 여전히 당신을 믿지 않고 있어요."

"그렇군요."

"결정적인 순간이 오면, 당신은 눈물을 흘리게 될 겁니다."

임표표는 최후의 승자는 자신이 될 거라는 듯 고개를 빳빳이 들어올렸다.

"눈물을 흘리는 것도, 웃음을 보이는 것도 모두 제 일입니다. 임 소저가 걱정하지 않아도 될 일이라 생각되는군요."

사람들은 담담하게 이야기하는 손소민이나 열정적으로 보이는 임표표 모두 '왜 하필이면 관치인가?'라는 의문에 빠져들었다.

물론 손소민은 관치가 오랜 세월 인고를 겪게 한 여인이었기에 그럴 수도 있다고 생각했지만, 임표표는 관치가 무림에 뛰어든 시간에 비해 너무 적극적으로 마음을 주고 있다는 생각이 든 것이다.

"혹시 용선 표국의 사람들이시오?"

두 여인의 대화에 잠시 시선을 빼앗기고 있던 사람들은 객잔 입구에서 들려온 음성에 약속이나 한 듯 고개가 돌아갔다. 의족을 단 노인 한 명이 모습을 나타낸 것이다.

용문진은 노인을 발견한 순간 어디서 본 듯한 느낌을 받았지만, 정확히 어디서 어떻게 보았는지 기억이 나지 않자 고개를 갸웃거렸다.

'어디서 보았더라……'

끙끙거리며 머릿속을 뒤져 보던 용문진은 '설마' 하는 표정을 지었다.

'그럴 리가. 그는 분명히 내 손에 죽었는데!'

용문진은 과거 관치를 추격하는 과정에서 자신을 막아섰던 노인이 오늘 객잔에 나타난 자임을 깨달은 것이다. 그는 내심 상대가 자신을 알아볼까 봐 노심초사하는 표정이 되었다.

"용선 표국이 맞습니다. 노인께서는 누구십니까?"

진하석은 혹시나 하는 표정으로 노인을 바라봤다.

"다행히 시간을 맞춰서 찾아왔군. 주아야, 이 객잔이 맞다는구나."

노인은 진하석의 대답에 밖을 내다보더니 누군가를 불러 들였다.

"네, 사부님."

옥구슬이라도 굴러가는지 귀를 즐겁게 하는 여인의 음성이 들려오더니, 갓과 면사로 얼굴을 가린 여인 한 명이 비파를 든 모습으로 객잔에 들어섰다.

"호……"

사람들은 몸매가 확연히 드러날 정도로 밀착된 옷을 입고 묘한 분위기를 풍기는 여인의 등장에 호기심이 가득 일었다. 얼굴은 면사 때문에 확인이 불가능했지만, 몸매만큼은 어느 누구에게도 뒤지지 않을 정도로 눈을 매혹시킨 것이다.

"노인께서는 누구신지……"

진하석 역시 잠시 여인에게 눈이 팔리긴 했지만 자신의 책무를 잊지 않았는지 재차 노인의 정체를 물었다.

"이곳에서 용선 표국의 사람들을 만나 무당산에 오를 사람들이오."

"네?"

진하석은 짐짓 모르겠다는 표정을 지으며 노인과 여인을 바라봤다.

"이야기꾼이 교체된다는 이야기를 들었을 것인데. 모르는 척하는 것이오, 아니면 정말 모르는 것이오?"

진하석은 대놓고 이야기꾼 교체를 운운하는 노인의 모습에 관치 쪽으로 시선을 돌렸다. 저들이 맞는가 확인을 바란 것이다.

"관치라고 합니다. 노인께서 제 뒤를 이어 이야기를 들려주실 분입니까?"

"자네가 관치인가?"

노인은 머리에서 발끝까지 관치를 훑어보더니 다시 입을 열었다.

"빌어먹을 놈의 관치가 한둘이어야지."

"아, 네……."

관치는 아무렇지 않게 관치를 빌어먹을 놈이라고 욕하는 노인의 모습에 당혹스런 표정을 보였지만, 어차피 관치가 한둘이 아님은 이미 모두가 알고 있는 사실이었기 때문에 그러려니 하고 넘어갔다.

"그럼 저는 이곳에서 그만 돌아가도록 하겠습니다."

관치는 자신의 임무가 마무리된 이상 이곳에 있을 이유가 없다는 듯 사람들을 향해 포권을 쥐었다.

"아니네, 자네는 계속 함께 가야 하겠네."

"네? 그게 무슨? 제가 약속한 것은 죽산 객잔까지입니다만……."

"누가 그걸 몰라서 하는 소린가? 무당산까지는 함께 가도록 하게. 그것이 좋을 것이네."

"무슨 뜻이신지……."

"정말 몰라서 묻는 것인가? 자네는 홀로 떨어지는 순간 납치 또는 멸구, 그것도 아니라면 온갖 잡다한 고문을 당하다 저세상을 갈 것이 뻔한데 어찌 이곳에 버려두란 말인가."

관치는 물론이고 표국 사람들까지 노인의 말에 얼굴이 딱딱하게 굳어졌다. 뭔가 심상치 않은 일이 벌어지고 있다는 생각은 했지만, 설마 살인멸구를 논할 줄은 몰랐기 때문이다.

"하지만……."

관치는 더 이상 이 일에 연관되기 싫다는 듯 불편한 심기를 내비쳤다.

"맘대로 하게. 난 누군가를 구하러 다닐 정도로 한가한 사람이 아니니, 죽든 말든 자네 소관이겠지."

"……."

"어찌할 것인가?"

"무, 무당까지는 함께 가도록 하겠습니다."

사람들은 임무가 끝났다며 밝은 모습을 보이던 관치가 까맣게 죽은 얼굴로 자리에 주저앉자 가볍게 혀를 찼다. 어찌

다 이런 일에 끼어들었는지는 모르겠지만 안됐단 생각이 든 것이다.

"노인장께선 신분을 밝히지 않으실 생각이시오?"

의족 노인은 신분을 밝혀 달라는 말에 고개를 돌려 목소리의 주인을 찾았다.

"으음? 그러는 당신은 뉘시오?"

"아, 저분은 남궁세가의 가주이신 남궁철 대협이십니다."

의족 노인의 질문에 진하석이 나서서 대신 대답했다.

"아, 당신이 남궁철이시오?"

의족 노인은 '그래서 뭐?' 하는 표정으로 남궁철을 바라봤다.

'아니, 저자가!'

남궁철은 겨우 이야기나 하려고 나타난 주제에 겁도 없이 입을 나불거리는 노인을 보며 어이없는 표정을 지었다.

"혼이 나봐야 고개를 숙일 위인이로다."

남궁철은 기운을 끌어올리더니 노인을 향해 힘을 방출했다. 초장에 버릇을 잡아서 이야기를 자신의 입맛에 맞게 들어볼 생각에 벌인 일이었다.

띠리링~ 따당!

"헉!"

그러나 내기를 방출하던 남궁철은 노인의 앞을 가로막으며 비파를 튕기는 여인의 움직임에 헛바람을 들이켰다. 자신의 기운이 비파음에 그대로 흩어져 버린 것이다. 거기다 두 번째 들려온 비파음은 대놓고 자신을 노린 명백한 공격이었다.

짝!

남궁철은 급히 손을 들어올려 손뼉을 쳤다. 기운을 충돌시켜 음파를 만들어낸 것이다.

여인의 비파음과 남궁철의 박수 소리가 한차례 뒤엉키자 남궁철 주변에 있던 찻잔들과 그릇이 쩍 소리를 내며 금이 가더니, 결국엔 내용물을 쏟아내며 부서져 버렸다.

'어디서 저런······.'

남궁철은 내심 식은땀을 훔치며 여인과 노인을 노려보았다. 아무리 급하게 방어를 했다곤 하지만 상대는 자신의 기운을 흩어버린 것도 모자라 공격까지 한 셈이었기에 자존심이 상한 것은 물론이고, 놀라움을 금치 못했다. 여인과 노인은 옷깃 하나도 흔들리지 않았는데 자신의 주변에 있던 그릇들이 부서져 버린 것이다.

전력을 다한 승부는 아니었지만, 이번 대결은 명백히 남궁철 그가 손해를 본 것이다.

"소저는 누구신가?"

남궁철은 굳은 표정으로 면사녀를 노려봤다.

"외숙부께서는 여전히 성급하시군요."

"으응?"

"어?"

"지금 뭐라고 했지?"

남궁철뿐 아니라 표국의 사람들까지 면사녀의 입에서 흘러나온 말에 멍한 표정을 지었다.

"너는… 너는……."

남궁철은 선뜻 입을 열지 못하고 불안한 듯 연방 눈알을 굴렸다.

"조카 소주아, 외숙부께 인사를 올립니다."

스스로 소주아라 이름을 밝힌 여인은 남궁철을 향해 다소곳이 인사를 올렸다.

"주, 주아였더냐. 아하하. 그런데 내 기억엔……."

"오 년 전에 뵙고 처음이니 기억을 못하실 수도 있죠."

소주아는 얼굴을 가리고 있던 면사를 걷어버렸다.

"오호."

"오……."

사람들은 얼굴을 드러낸 소주아의 모습에 짧은 감탄사를 내비쳤다.

"귀, 귀엽다."

표사 중 한 명이 자신도 모르게 소주아의 모습을 보고 중얼거렸는데, 사람들의 고개가 절로 끄덕여졌다. 용문진 역시 무조건 공감한다는 얼굴에 계속 고개를 끄덕거렸다.

그러나 연방 귀여워를 외치며 소주아의 등장에 환호하는

사람들을 보며 식은땀을 흘리는 사람이 있었으니, 주아의 외숙부 남궁철이었다.

'귀엽다고? 그래, 귀여워 보이겠지. 저 얼굴로 끝없이 계속되는 부탁에 시달려 보면 귀엽다는 것이 얼마나 무시무시한 것인지 알게 될 것이다.'

남궁철은 과거 자신도 주아의 귀여운 모습에 한바탕 홀린 적이 있었기에 사람들의 반응에 명복을 빌어줄 수밖에 없었다. 금방이라도 눈물을 흘릴 듯 슬픈 표정을 짓는 걸 보면 애가 타서 심장이라도 빼내고 싶어지게 만드는 사람이 바로 주아였다.

'그런데 주아와 함께 나타난 저 노인네는······.'

남궁철은 조카와 함께 다닐 정도면 보통 인물은 아니라는 생각이 들었다. 거기다 주아의 입에서 사부라는 말이 흘러나오지 않았던가. 여전히 뭔가 있어 보이는 모습으로 뒷짐을 지고 있는 행태를 보아 만만치 않은 인간임을 느낀 것이다.

"정식으로 인사를 드리겠습니다. 남궁철이라고 합니다."

남궁철은 먼저 고개를 숙이며 의족 노인을 향해 포권을 보였다.

"흥, 남궁철이가 언제부터 그렇게 늙은이를 핍박하는 소인배가 되었는지 모르겠군."

"······."

남궁철은 불편한 심기를 감추고 먼저 예의를 보였음에도 대놓고 자신을 무시하는 노인의 모습에 눈썹이 꿈틀거렸다.

"눈썹 함부로 움직이지 마라. 그런다고 팔자가 되는 것도 아니지 않느냐."

"……!"

남궁철은 팔자 눈썹에 대한 이야기가 흘러나오자 다시 식은땀이 배어나왔다.

'역시 저 영감도 그와 관련된 사람이구나. 빌어먹을, 평소엔 그렇게 찾아봐도 코빼기도 안 비치던 자들이……'

남궁철은 연이어 나타나는 그의 사람들 때문에 계속해서 체면이 구겨지자 참담한 심정이 되었다.

그때 조용히 상황을 지켜보고 있던 초 영감이 입을 열었다.

"건이, 장난 그만 하고 이쪽으로 오게."

"어? 뉘신지……"

"죽을래? 노망이라도 들었냐?"

"감히 누구보고!"

의족 노인은 초 영감의 막무가내식 어법에 입술을 실룩거렸다.

"뙤약볕에서 계속 걸어야 할 텐데. 가발은 벗는 게 좋을 거야."

"……"

"나다, 이놈아."

"형님?"

"껄껄껄, 그래."

초 영감의 웃음소리에 의족 노인은 놀랍다는 듯 한걸음에 달려가더니 얼굴을 꼼꼼히 살피기 시작했다.

"면구 제작에 일가를 이루겠다며 화산 어딘가로 숨어버리더니, 드디어 완성을 하셨군요."

"그럼, 이제 과거의 화면자가 되살아온다고 해도 나에게 어르신이라고 해야 할 것이야."

남궁철은 초 영감의 정체가 화산파 전대 장문인 조성은임은 알고 있었지만, 설마 의족 노인이 암왕 사마건이라곤 생각지 못했기에 아찔한 현기증을 느껴야 했다. 어떻게 된 게 전부 자신의 능력으로 감당할 수 없는 괴물들만 연이어 나타난단 말인가. 거기다 두 사람은 과거 자신에게 무공을 수련시키던 사범들이 아니던가.

"다리는 멀쩡해졌군."

"뭐, 본래 의족이었던 거라."

"그래, 몸은?"

얼마 전 거의 초주검이 되어 치료를 받던 사마건이었기에 이제 모두 정상으로 돌아왔는지 궁금해했다.

"물론 멀쩡합니다. 주아야, 이쪽으로 오너라."

사마건과 조성은의 재회를 지켜보고 있던 소주아는 사부

의 부름에 조성은이 앉아 있는 탁자로 사뿐히 다가왔다.

"인사 올리거라. 조성은 선배시다. 나와 마찬가지로 너에겐 숙부 되시는 분이지."

"소녀 주아가 숙부님께 인사 올려요."

"오냐, 오냐. 네가 세 살 때인가 보고 못 봤으니 아마 나를 기억하지 못할 것이다."

"앞으로는 절대 잊지 않도록 하겠습니다."

조성은은 주아의 대답에 기분이 좋은지 연방 고개를 끄덕였다.

"그런데 이야기를 할 사람이 건이 자네인가?"

초 영감으로 신분을 감추고 있던 조성은은 의외의 사람이 나타났다는 듯 질문을 던졌다.

"그럴 리가 있겠습니까. 거기다 저는 말재간이 약해서 이쪽으론 어울리지 않는 걸 알면서 그러십니다."

"그러니 묻는 게 아닌가? 설마 주아가 이야기를 이어갈 사람은 아니겠지?"

"사실은… 그게, 주아가 맞습니다."

"응? 주아가 어떻게 관치 그 녀석의 이야기를 알고?"

조성은은 이해가 되지 않는다는 듯 주아를 바라봤다.

"오라버니의 이야기를 하기로 했던 사람은 제가 돌려보냈습니다. 타인이 하는 것보단 동생인 제가 이야기를 하는 게 좋을 듯싶어……."

"무엇이?"

조성은은 본래 이야기를 하기로 한 사람을 돌려보냈단 주아의 말에 당장 노기 서린 얼굴이 되었다.

"감히 제일흥신소 소장의 일에 사사로운 마음을 가지고 끼어들다니, 죽고 싶은 것이냐!"

조성은은 진짜 화가 났는지 그동안 쟁자수 초 영감의 모습을 벗어버리고 본래 모습으로 돌아가버렸다.

쩌쩡!

순간 객잔 안은 기의 폭풍에 강타당한 것처럼 크게 흔들렸고, 사람들의 표정은 금방이라도 피를 토할 듯 시커멓게 죽어버렸다. 남궁철은 물론이고 표행에 섞여 있던 고수들 역시 얼굴이 하얗게 변하면서 급히 기운을 끌어올렸다.

'뭐, 뭐냐? 저 영감탱이는! 최소한 문의 장로급… 아니 세 분 원로와 맞먹는다!'

용문진은 조성은이 개방한 기의 파도에 표정이 굳어졌다. 문이 그동안 중원 무림에 경계할 무인들을 조사해오는 과정에서 이런 인간이 있다는 말은, 아니 화산파 전대 장문인 조성은이라는 인간이 이 정도 무위를 지녔다는 사실은 알아내지 못했던 것이다.

'뭔가 잘못되어가고 있다.'

용문진은 조성은의 기운에 맞서면서 다시 한 번 눈이 휘둥그레졌다. 자신에게조차 허망하게 무너졌던 의족 노인이 멀쩡한 모습으로 조성은 앞을 막아선 것이다.

"형님, 노기를 가라앉히십시오. 아무리 주아가 제 진전을 이었다고는 하지만 아직은 어린아이입니다."

"이놈! 비키거라. 네가 제일흥신소의 규칙을 모른다 할 것이냐!"

소주아는 사마건이 앞을 막아섰음에도 조성은의 노기에 충격을 먹었는지 입가에 핏물이 흘러내렸다.

"형님!"

사마건은 아무리 화가 난다고 해도, 규칙이 아무리 앞선다 해도 일단 이야기는 들어봐야 할 것 아니냐며 연방 조성은을 말리고 나섰다.

그러나 조성은의 표정은 변함이 없었고 그가 쏟아내는 기운은 점점 더 커져만 갔다.

"진 표두께서는 사람들을 밖으로 내보내세요. 이러다 객잔이 무너지겠어요!"

임표표는 초 영감이 내력을 감춘 기인이라고 생각했지만 설마 이 정도일 줄은 몰랐는지 대경한 모습으로 소리를 질렀다.

"크윽, 소저… 발이… 떨어지지가……."

진하석은 당장이라도 그렇게 하고 싶지만 몸이 움직이지 않는다며 힘겹게 입을 열었다.

우르르릉!

조성은의 기운이 더욱 상승하자 객잔의 기둥이 흔들리기 시작하더니, 기왓장이 쏟아져 내리기 시작했다.
 '괴, 괴물 같으니라고!'
 용문진은 조성은의 무지막지한 내공에 기가 질려 버렸다.
 '설마 관치 그놈 주변에 이런 괴물들이 포진해 있는 건 아니겠지?'
 용문진은 그럴 리 없다며 불안한 마음을 접어 넣으려 했지만 또다시 입이 벌어지고 말았다. 조성은의 앞을 막아섰던 사마건이란 노인도 기운을 방출하기 시작한 것이다.
 "아무리 형님의 말이 맞다곤 하지만, 내 제자를 계속해서 핍박한다면 저도 더 이상 참지 않을 것입니다."
 "과연 네가 나를 막을 수 있을까? 일전에 정복문의 어린놈에게 박살이 난 것도 주아 저 아이에게 정성을 쏟느라 기운이 약해져서가 아니더냐."
 "크크크, 그때는 막 기운을 소진한 터라 어이없이 당했습니다만, 이미 체력을 복구한 지 오래입니다."
 사마건은 그때완 다를 것이라며 조성은을 놀려 보았다.
 용문진은 조성은과 사마건의 대화 속에서 정복문의 어린놈이라는 말이 흘러나오자 식은땀이 솟아났다.
 '그럼… 그때 그렇게 물러선 것이…….'
 용문진은 당시 사마건의 몸이 정상이 아니었다는 말에 얼굴이 더욱 굳어졌다.

'장로들과 세 분 원로가 그토록 조심을 한 이유가 이런 것인가…….'

용문진은 대사형과 문내(門內) 신진 세력들이 전면전을 거부하고 내기를 받아들인 이유가 바로 저런 괴물들 때문이었음을 알게 되자 머리가 더욱 복잡해졌다.

'하지만 저런 괴물들이 수없이 많은 것은 아닐 것이다. 문은 이번 무림행을 위해 백 년이 넘는 세월을 참고 기다려 왔다.'

용문진은 짐짓 흔들리던 마음을 다잡으며 다시 상황을 지켜봤다.

"수, 숙부님, 제가 잘못했어요. 한 번만… 한 번만 용서를……."

소주아는 금방이라도 눈물을 흘릴 듯 애달픈 표정을 지으며 조성은을 올려다보았다.

"크흑."

조성은은 금방이라도 사마건을 쳐내고 손을 쓸 듯 고약한 얼굴을 하고 있었지만 애절한 얼굴로 용서를 구하는 소주아의 모습에 결국 기운을 풀고 말았다. 이건 아니라는 생각이 들면서도 감성이 이성을 억눌러버린 것이다.

"납득이 가지 않는다면 아무리 너라고 해도 절대 용서치 않을 것이다."

기운을 풀긴 했지만 여전히 노기를 감추지 못한 조성은은 어디 한번 변명이라도 해보라는 듯 소주아를 바라봤다.

"형님, 천천히 좀 합시다. 주변이 안 보이십니까?"

사마건은 어떻게 나이를 먹으면 먹을수록 제멋대로냐며 조성은에게 짜증을 냈다. 그제야 자신 때문에 객잔 안에 엉망이 되어버렸다는 걸 직시했는지 어색한 기침 소리가 흘러나왔다.

"험험, 누가 죽어나간 것도 아니지 않느냐."

조성은은 민망한 눈빛을 감추려는 듯 시선을 밖으로 돌려버렸다. 순간적으로 울컥한 마음에 노망난 짓을 해버린 것이다. 아무리 화가 났기로서니 조카아이에게 기운을 쏟아낸 것은 확실히 성급한 짓이었다.

"나중에 기회가 되면 형님이 관심을 두는 그 녀석에게 똑같이 해주겠습니다."

"뭐야?"

"눈에는 눈!"

"끙."

조성은은 더 이상 말을 섞어봐야 남는 게 없다는 걸 깨달았는지 결국 입을 다물어버렸다.

"그나저나… 이대로 출발은 무리겠는데요."

사마건은 곳곳에서 피를 흘리며 쓰러져 있는 표국 사람들을 바라보며 고개를 저어버렸다.

조성은은 얼굴을 가리고 있던 면구를 벗어버리며 길게 한

숨을 내쉬었다. 주아의 쓸데없는 욕심 때문에 일이 틀어지기라도 하면 큰일이라는 생각이 든 것이다.

 남궁철은 초 영감의 얼굴을 벗어버리고 꿈에도 잊어버릴 수 없는 조성은의 진면목이 드러나자, 그렇지 않아도 죽어 있던 표정이 참담하게 변해버렸다.

 '하필이면 이 표행에 끼어들어서…….'

 산속에 불빛이 모여 있자 반가운 마음에 달려온 남궁철과 제갈선이었다. 그러나 시간이 지나면 지날수록 그 불빛을 무시하고 바로 무당으로 갔어야 했다는 생각이 자꾸만 드는 것이다.

 남궁철은 기어이 쉬었다 가겠다며 불빛으로 자신을 인도했던 제갈선이 그렇게 미울 수가 없었다.

 '빌어먹을 자식. 분명히 뭔가 구린 짓을 하고 다닌 게 분명한데……. 그게 뭔지 밝혀내기만 하면 가만두지 않을 테다.'

 한편, 임표표는 의외로 손소민이 큰 타격을 입지 않은 것에 더욱 의심스런 눈빛이 되었다. 자신도 상당한 양의 기운을 끌어올린 뒤에야 조성은의 압박을 이겨 냈기에 별다른 능력이 없어 보이는 손소민은 피를 뿜어야 정상이었다.

 "당신 보기완 다르군요."

 "그래요? 제가 피라도 뿜으며 쓰러지길 바랐다는 눈빛이군요."

"피를 뿜고 쓰러졌다면 당신이 손소민일지도 모른다는 생각이 들었을지도……."

"여전히 알 수 없는 말만 늘어놓는군요. 비켜 주시겠어요? 사람들의 상태를 봐야겠어요."

"이젠 의술도 펼치겠단 말인가요?"

"마음대로 생각하세요."

손소민은 임표표를 지나쳐 표국 사람들에게 걸어가버렸다.

"임 소저, 괜찮으십니까?"

진하석은 가슴을 쓸어내리며 임표표 쪽으로 다가왔다.

"보다시피 저는 아무렇지도 않습니다. 저보다 표국 사람들이 걱정이군요. 이래선 오늘 내로 무당에 도착한다는 계획은 무리일 것 같은데."

"휴, 아무래도 그럴 것 같습니다."

진하석은 의족 노인과 소주아라는 여인을 두고 뭔가 이야기를 나누고 있는 초 영감을 보며 고개를 저어버렸다.

"초 영감이라는 쟁자수의 정체, 알 것 같아요."

"네? 그게 정말입니까?"

임표표는 진하석의 말에 고개를 끄덕였다.

"누구입니까?"

"백발 괴인."

"네?"

"황금 전장에 나타났던 귀신, 백발 괴인을 말하는 겁니다."

"설마……."

"기억이 나지 않나요? 이야기 속에서도 조씨 성을 쓴다고 했잖아요. 화산파 전대 장문인 조성은 어른이 분명해요."

진하석은 믿기지 않는단 눈빛으로 초 영감 쪽을 바라봤다.

"그런데 왜 신분을 감추고 표국의 쟁자수로 있었는지 그 이유를 모르겠어요."

"직접 물어보면 되지 않을까요?"

진하석이 생각하기엔 스스로 정체를 밝힌 이상 그가 신분을 감추지 않을 것 같았다.

"기회가 되면 그렇게 해봐야겠군요. 그런데 소주아란 여인, 분명히 관치 그 사람의 동생이겠죠?"

"그런 것 같습니다. 관치 그 사람을 오라버니라고 했으니. 그런데 함께 나타난 의족 노인은 도대체 정체가……."

진하석은 묘하게도 의족 노인이 뿜어낸 기운에서 익숙함이 느껴졌다. 하지만 저 정도 고수와 친분이 있을 리 만무했기에 고개를 갸웃거릴 뿐이다.

"관치 저 친구도 충격을 먹은 것 같군요. 얼굴이 창백해졌어요."

진하석은 임표표와 함께 쟁자수들의 상태를 살피다가 관치 쪽을 바라봤다.

"제가 살펴보도록 하죠."

임표표는 지친 표정으로 바닥에 주저앉아 있는 관치를 향해 걸어갔다.

관치는 임표표가 자신 쪽으로 걸어오자 경계하는 눈빛을 보였다. 갑작스럽게 일을 당했으니 누가 되었건 불편하게 느끼는 것 같았다.

"상태를 봐도 되겠어요? 충격을 먹을 것 같은데."

"괘, 괜찮습니다."

관치는 필요 없다는 듯 급히 손을 내저었다.

"아니에요. 만에 하나 기운이 스며들었다면 차후 심맥에 무리가 갈 수도 있으니 확인해보죠."

"되었다 하지 않습니까!"

관치는 자신의 팔을 잡으려는 임표표를 뿌리치며 언성을 높였다.

임표표는 과민하게 반응하는 관치의 태도에 의문 섞인 표정을 지었다. 단순히 몸에 무리가 갔는지 확인하고 기운을 다스려 줄 생각이었는데, 묘한 반응을 보이자 표정이 변한 것이다.

"난 확인을 해야겠으니 막을 수 있으면 막아보시지!"

임표표는 자신의 손을 뿌리친 관치의 완맥을 잡고자 다시 손을 내뻗었다. 그러나 이번에도 미꾸라지처럼 자신의 손을 뿌리치는 게 아닌가.

'더욱 의심이 가는군.'

임표표는 사문의 금나수법 중 가장 매서운 공부를 보이며 기필코 관치의 완맥을 움켜쥐겠다는 듯 손을 뻗었다.

툭툭.

가볍게 손끝이 충돌을 일으키며 자잘한 소음이 흘러나왔다.

그리고 경악에 가까운 표정을 짓는 임표표.

절정 고수인 자신의 손길을 아무렇지도 않게 털어버리는 관치의 움직임에 그녀는 순간 말문이 막혔다. 평범한 이야기꾼이라 생각했던 자가 무공을 익히고 있었던 것이다. 그것도 절정 고수의 손길을 가볍게 거부할 정도라면 쉽게 볼 수 없는 상대였다.

"무공을 숨기고 있었군."

임표표는 관치와 거리를 벌리며 모두가 들을 수 있는 크기로 말했다.

임표표의 말에 사람들의 시선이 관치 쪽으로 몰려들었지만 '에이, 설마?' 하는 표정이 대부분이었다.

임표표는 자신의 말을 증명이라도 하겠다는 듯 다시 관치의 완맥을 움켜쥐려고 했고… 아니 움켜쥐려는 동작만 취했을 뿐인데 관치의 완맥이 자신의 손안에 불쑥 들어오는 게 아닌가.

사람들은 '그러면 그렇지. 이야기꾼이 무공을 익혀 봤자

지.' 하는 표정으로 모두 고개를 돌려 버렸다. 물론 관치가 무공을 익히고 있다고 해도 그게 무슨 잘못이라도 되냐며 오히려 괴이하게 생각할 지경이니 당연한 반응들이었다.

임표표는 관치의 대담한 반응에 잠시 멈칫거릴 수밖에 없었고, 그사이 관치의 손은 다시 그녀의 손을 빠져나가버렸다.

"이……!"

임표표는 농락당했다는 생각에 다시 입을 열려고 했지만 이번에도 관치가 한 호흡 빨랐다.

"관치 그 사람의 일을 망치고 싶다면 얼마든지."

소곤거리듯 임표표의 귓가에 흘러드는 관치의 음성.

임표표는 '정체가 뭐냐!' 하는 표정을 지었지만 그렇다고 방금처럼 관치를 압박하진 않았다. 관치의 일을 망친다는 말에 그대로 굳어버린 것이다.

"나보다는 자칭 화산검협이라는 분을 돌봐주시는 게 어떻겠습니까? 피를 줄줄 흘리고 있는데."

관치는 턱 끝으로 연준하 쪽을 가리키며 그만 가보라는 듯 눈을 감아버렸다.

'이자는… 평범한 이야기꾼이 아니야. 도대체 뭐가 어떻게 돌아가는 거지?'

임표표는 객잔 안에 모여 있는 사람들의 정체는 물론이고, 어떤 의도를 가지고 함께하고 있는지 파악을 할 수가 없었다. 아니, 스스로 의도를 밝힌다고 해도 그것이 진실일지조차 알 수가 없다는 생각이 들기 시작했다.

'연준하 저자도 평점한 자가 아니라면……'

임표표는 확인할 방법은 하나뿐이라 생각했는지 연준하 쪽으로 걸어가더니 그의 몸을 살펴주겠다며 완맥을 잡았다. 그러나 관치의 상태를 확인하려 들 때와 달리 연준하는 '제발 그렇게 좀 해주시오.' 하는 눈빛으로 자신을 바라봤다.

'뭐야? 이자는 그냥 이야기꾼인가?'

임표표는 연준하의 몸에 기운을 밀어 넣으려다 너무 무력하게 몸을 내맡기는 그의 모습에 또다시 혼란을 겪었다.

그때 연준하 곁에서 숨을 할딱거리고 있던 그의 사제란 자가 입을 열었다.

"약 좀 있으시면……"

'민덕수라고 했던가?'

임표표는 약 좀 달라며 자신의 소매를 잡아채는 연준하의 사제를 보며 눈살을 찌푸렸다. 연준하 역시 약이라도 먹으면 좋겠다 생각했는지, 자신의 사제와 마찬가지로 임표표의 소매를 잡고 늘어지며 '약을 좀 주시오.'를 외쳐 댔다.

임표표는 자신의 팔을 잡고 흔드는 두 사람을 보며 고개를 젓는가 싶더니, 품에서 내상을 치료하는 호신단 두 알을 꺼내 나눠주었다.

"가, 감사합니다!"

"감사합니다."

연준하와 그의 사제 민덕수는 구세주라도 만난 것처럼 연방 인사를 하더니 호신단을 날름 삼켜 버렸다. 보통은 호신단을 먹은 뒤 운기조식을 해야만 하지만, 두 사람은 약 먹었으니 이제 되었다는 듯 그냥 휴식에 들어가버렸다.

'관치 저자는 무공이 만만치 않은 것 같고, 이자들은 말 그대로 이야기꾼들이로군.'

임표표는 귀한 호신단을 받아먹고도 그것을 재대로 활용할 줄 모르는 모습에 관치 쪽으로 시선을 돌렸다.

'그냥 이야기꾼이 아니야. 저 정도 실력을 가진 자가 겨우 이야기나 하기 위해 이 일행에 끼어들었다면 그건 충분히 인력 낭비겠지. 뭔가 다른 목적이 있는 게 분명해.'

이런저런 생각에 빠져 있던 임표표는 종남 검객 용문진이 자신 쪽으로 다가오자 고개를 돌렸다. 뭔가 묻고 싶은 게 있는 표정인 것을 보고 대충 어떤 이야기를 하고 싶은 것인지 감을 잡았다.

"임 소저, 한 가지 의견을 구하고 싶은 게 있습니다."

"혹시 저분의 무공 수위에 대한 것인가요?"

임표표는 객잔 구석에서 소주아를 야단치고 있는 조성은을 보며 입을 열었다.

"그렇습니다. 임 소저가 보시기에 저분의 능력이 어느 정도라고 생각되십니까?"

"하수가 고수의 능력을 알아본다는 게 쉬운 일은 아니지만 저 정도 기운을 뿜어낼 수 있다면… 아니 공력의 운용만 본다면 최소 종사(宗師)급은 아닌가 싶습니다."

"그렇겠죠. 최소한 종사급이라……."

용문진은 자신과 같은 결론을 내린 임표표의 대답에 다시 생각에 빠져들었다. 종사급이라면 홀로 거대 문파 하나를 상대할 수 있는 무위였다.

그리고 그런 무위를 가진 자를 정면으로 막아선 의족 노인. 과거 자신에게 초주검이 되었던 것을 떠올리면 별것 아니라는 생각을 하겠지만, 대충 훔쳐들은 이야기에 따르면 당시엔 몸에 문제가 있었던 것으로 판단이 되었다. 일단 의족 노인 역시 종사급에 가깝다 보는 게 확실할 것이다.

'문에 종사급 무위를 지닌 분들은 모두 다섯. 두 분 장로와 세 분 원로다.'

물론 자신들 세대에선 그동안 심사숙고하며 연구에 연구를 거듭한 결과물을 통해 기존의 무위 구분이 무의미해졌지만, 그렇다고 개나 소나 종사급 무인을 상대할 수 있다는 뜻은 아니었다.

'내가 상대한다면?'

아직 완벽하진 않지만 문의 비기를 사용한다면 충분히 상대를 할 수 있다는 생각이 들었다.

'하지만 나 역시 그걸로 끝이겠지.'

모든 힘에는 대가가 따르기 마련이고, 자신 역시 종사급 무인을 이기기 위해 무리를 했다간 결국 대가에 잡아먹히고 말 것이다.

 '그렇다면 비기의 완성을 기대하는 수밖에 없다는 말인데…….'

 마음 같아선 당장이라도 비기를 완성시키고 싶었지만, 마음먹은 대로 완성이 되는 기공(奇功)이라면 이미 세상은 정복문의 것이 되었을 것이다.

 '거기다 평정문의 괴공(怪功)에 대해서 완벽하게 밝혀진 것도 아니니……. 일단은 관치 그자의 행적이 어디로 이어지는지 이야기를 들어보고 대책을 세우는 것이 더 확실한 방법이구나.'

 용문진은 한참 생각에 잠겨 있다가 자신 쪽으로 누군가 다가오는 것을 느끼고 고개를 번쩍 들어올렸다.

 -그동안 잘 지냈느냐, 정복문의 어린놈아.

 용문진은 의족 노인이 자신을 바라보며 실룩실룩 웃어 보이자 잔뜩 긴장한 표정이 되었다.

 -클클클, 그렇게 긴장할 필요가 있을까? 어차피 이 내기는 나와 네가 아니라, 제일흥신소 소장 관치와 너희 정복문의 일이 아니더냐.

 -흥, 운 좋게 목숨을 건진 모양이다만, 다시 한 번 손을 섞게 되면 두 번의 행운은 따르지 않을 것이다.

―좋아, 기대하도록 하지. 그래서 하는 말인데 말이야, 날 일반적인 무림인으로 봐서는 아니 될 것이야. 오늘부터는 똥 누는 것까지 신경을 써야 할 테니 말이다. 크크크크큭.

용문진은 의족 노인의 전음에 입을 굳게 다물었다.

'살수였던가?'

용문진은 일반적인 무림인이 아니라는 의족 노인의 말에 대뜸 정체를 파악했다. 정면 승부를 한다 해도 고민을 해야 할 판에 살수라니. 용문진은 머리가 지끈거리기 시작했다.

'젠장, 세상에 어떤 살수가 종사급에 오른단 말인가!'

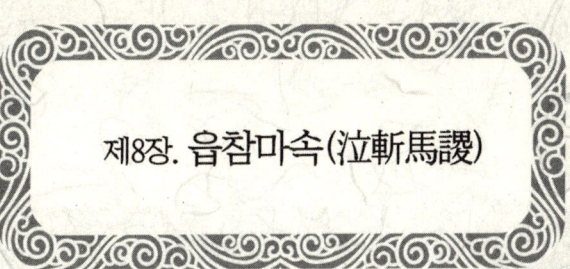

제8장. 읍참마속(泣斬馬謖)

읍참마속(泣斬馬謖)

-공정을 지키기 위해 사사로운 정(情)을 버림의 비유

 용문진은 새벽녘 함께 자리를 했던 사람들은 자신의 정체를 모르는 상태였기에 마음 편히 상황을 직시할 수 있었지만, 종사급으로 의심되는 살수의 등장에 마음이 급해지기 시작했다. 기회만 있다면 당장이라도 이곳을 빠져나가고 싶었지만, 조금만 그런 태도를 보였다간 당장에 조성은과 의족 살수가 자신을 공격해올 것 같았다. 거기다 모두 한통속이나 다름없는 나머지 인간들까지 협공이라도 하는 날엔 무림 정복은 둘째 치고, 당장 오늘 하루 살아남는 것 자체가 불가능해질 것이다.
 '지금 와서 부하들에게 연락을 하기도 어렵고……'
 용문진은 성급한 마음에 위험을 자초했단 생각에 스스로

책망을 했지만, 책망만으론 문제가 해결될 수 없음을 누구보다 잘 알고 있었다.

-똥 마려운 강아지처럼 안절부절못하는구나.

"……"

-무당에 오를 때까지는 건드리지 않을 것이니 그렇게 눈치 볼 것 없다. 단! 그사이에 뭔가 엉뚱한 짓을 벌이려 든다면 목을 간수하기 힘들 것이야.

사마건은 용문진을 바라보며 씨익 웃었다.

'빌어먹을!'

용문진은 '나는 다 알고 있다.' 하는 표정으로 자신을 바라보는 의족 노인의 시선에 얼굴색이 시커멓게 죽어버렸다.

"나는 사마건이라고 한다. 그리고 이 아이는 관치 그 녀석의 동생이자 내 제자이기도 하지. 주아야, 인사하거라."

조성에게 한참 동안 야단을 맞았던 소주아는 겨우 살아난 표정으로 사람들 앞에 나섰다.

"여러분, 죄송합니다. 소녀의 생각이 짧아 표국 여러분들이 피해를 보게 되었습니다. 흑, 정말 죄송해요……"

소주아는 정말 미안해서 어쩔 줄 모르겠다는 듯 닭똥 같은 눈물을 흘리며 사람들에게 연방 고개를 숙였다.

몸이 상해 얼굴색이 좋지 않던 사람들은 느닷없이 소주아가 사과를 하며 눈물을 흘리기 시작하자 팔다리를 흔들어 보이며 아무렇지도 않다는 표정을 지었다.

"소 소저라고 했소? 우린 괜찮으니 너무 걱정하지 마시오. 솔직히 소저가 무슨 잘못이 있소. 옆에 있는 사람들을 개무시하고 기운을 뿜어낸 사람이 잘못이지. 안 그렇습니까, 여러분?"

진하석은 소주아의 슬픈 표정은 절대 보고 싶지 않다는 듯 모든 죄를 조성은에게 씌워버렸다.

"흐흑, 진 표두님이시죠? 말씀은 많이 들었어요. 이번 표행에 고생이 많으셨다고……."

"어험, 고생은 무슨. 당연히 해야 할 일을 하고 있을 뿐입니다. 그나저나 소저처럼 연약한 분이 어찌 고생을 사서 하시는 건지……."

진하석이 소주아를 신줏단지 모시듯 조심을 하자 임표표의 눈에 짜증이 올라왔다. 조금 전까지 자신의 말이라면 죽는 시늉도 할 것처럼 행동하더니, 소주아가 나타나 여우 짓을 하자 언제 그랬냐는 듯 돌변해버린 것이다.

그것은 다른 사내들도 마찬가지였는데, 나이 먹은 인간들까지 눈에서 빛을 뿜어내자 그녀는 이제 어이없다는 듯 한숨이 흘러나왔다.

"남자들이란……."

임표표의 표정을 바라보고 있던 손소민이 조용히 입을 열었다.

"그러는 임 소저 역시 그런 남자들의 시선을 즐기셨던 게 아닌가요?"

"지금 무슨 말을?"

"그렇지 않고서야 소 소저의 등장에 그렇게 민감한 반응을 보일 이유가 없어 보이는군요. 그것도 그 사람의 친동생이 나타났는데 말이죠. 오히려 소 소저의 편을 들어주는 게 유리한 고지를 점령할 수 있는 것 아닐까요?"

"그건……."

임표표는 손소민의 말에 바로 대답을 하지 못하고 잠시 얼버무렸다.

"소 소저라고 하셨죠? 이쪽으로 오세요."

손소민은 임표표가 잠시 머뭇거리는 사이 소주아를 잡아채 자신과 함께 자리를 하도록 했다.

'알고 보니 진짜 여우는 따로 있었군.'

임표표는 예상치 못한 손소민의 행동에 그렇지 않아도 좋지 않던 얼굴이 더욱 어둡게 변해버렸다.

"저기… 혹시……."

객잔 분위기가 어느 정도 안정이 되자, 의족 노인을 힐끔거리며 훔쳐보던 진하석이 더 이상 못 참겠다는 듯 입을 열었다.

"무슨 일인가?"

"혹시… 살천이라고……."

"으응?"

사마건은 진하석의 입에서 살천이라는 말이 흘러나오자 의미심장한 눈으로 그를 바라봤다.

"사마건 님이라고 말씀을 하셔서……."

"내 이름이 사마건인 것 맞소만."

사마건은 어떻게 살천과 자신을 연관지은 것인지 모르겠다는 표정을 지었다.

"그러니까, 혹시 구십칠 호를 기억하십니까?"

"으음?"

사마건은 난데없이 구십칠 호를 기억하냐며 질문을 던진 진하석의 모습에 고개를 갸우뚱거리며 얼굴을 천천히 살폈다.

"전서구 담당, 흡흡이라면 기억이 나네만……."

"아! 역시 기억을 하시는군요. 살천 전직 살수 구십칠 호. 그분이 바로 저희 할아버님이 되십니다."

"……."

사마건은 '설마' 하는 표정으로 진하석을 다시 한 번 살펴봤다. 자신이 기억하는 살수 97호는 전혀 살수답지 않은 살수였고, 살천이 문을 닫을 때까지 오직 전서구만 관리했던 사람이었다. 그런데 그에게 이런 손자가 있고 표국이라는 건실한 기업까지 일궈냈다고 하자 믿기지 않은 것이다.

"그래, 자네 말에 따르면 용선 표국이 그 구십칠 호 작품이란 말인가?"

"그렇습니다."

"호, 그래? 구십칠 호는 어찌 지내는가?"

"그게… 돌아가셨습니다. 폐가 너무 많이 상하셔서……."

폐가 상했다는 진하석의 말에 사마건은 이해가 된다는 듯 고개를 끄덕였다. 하루 종일 비둘기 털에 둘러싸여 호흡곤란에 시달리던 과거의 그라면 과연 그럴 만도 했다.

"조, 존경합니다!"

진하석은 느닷없이 사마건 앞에 무릎을 꿇더니 존경한다는 말을 던지고 엎드렸다.

"이보게, 이게 무슨……."

"할아버님께서 말씀하셨습니다. 언제고 살무를 완성시키신 사마건 사조님을 만나게 되면."

"만나게 되면?"

"거머리처럼 달라붙어 무조건 배우라고 말입니다."

"……."

사마건은 갈수록 황당한 소리를 해대는 진하석을 보며 어이없는 웃음을 지었다.

"이보게, 자네는 이미 한 표국의 표두가 아닌가. 아니지. 시간이 지나고 나면 표국을 맡아 운영할 사람일세. 그런데 이제 와서 살수가 되겠다고? 말이 되는 소리를 하게나."

"살수가 되겠다는 게 아닙니다."

"응? 그럼 뭘 배우겠다는 것인가?"

"사마건 사조님께선 오래전 마음의 변화를 겪으시고 살천을 떠나셨다고 들었습니다."

"그런데?"

"저 역시 표국 안에 갇혀 지내는 것에 염증을 느끼던 차에 새로운 인생을 꿈꾸게 된바, 그 과정을 이끌어주셨으면 합니다."

사마건은 진하석이란 사질이 의뢰로 상태가 좋지 않다는 생각이 들었다.

'하긴, 흡흡이 녀석 핏줄이라면 그럴 만도 하지……. 어쩐다.'

사마건은 난데없이 자신에게 가르침을 달라는 진하석의 모습에 조성은을 바라봤다. 도움을 달라는 눈빛이다.

"무창에 새로 영업 중이지 않나. 그쪽으로 보내면 될 듯도 한데."

"네? 어림도 없습니다. 이런 체력으로는 빗자루질도 못하고 쫓겨날 게 뻔하지 않습니까?"

"그렇긴 하네만……."

조성은 역시 딱히 방법이 없다는 듯 사마건을 바라봤다.

"정확히 자네가 하고 싶은 게 뭔가? 표국을 떠나 새로운 꿈을 꾸고 싶다면 뭔가 생각해놓은 게 있을 게 아닌가?"

"당연히 있습니다."

"그래? 어디 말해보게."

"그게… 공개적으로 말을 하기엔……."

"흠, 좋네. 어차피 무당의 일이 끝나고 나면 여유가 생길 것이니 그때 이야기를 나누도록 하지. 한때 동료였던 이의 후손을 만났는데 모른 척할 수도 없는 일이니."

"가, 감사합니다."

관치가 사마건의 이야기를 할 때도 격한 반응을 보였던 진하석이었다. 그런데 당사자가 눈앞에 나타났으니 그가 느끼는 흥분감이란 이루 말을 할 수가 없을 정도였다.

이런저런 상황이 일단락되는 듯싶자 남궁철이 입을 열었다.

"주아야, 네가 이야기를 이어간다고 했는데, 어디서부터 어떻게 이야기를 시작할지는 알고 있는 것이냐?"

"물론이에요. 아마 이곳에 오기 전까지 들었던 이야기가 제갈현선이 쫓겨날 상황이었죠?"

"그렇다. 정확히 알고 있구나."

"정확히 알고 있다기보다 이곳에 오는 동안 할 수 있는 이야기는 거기까지였다고 하더라고요."

소주아의 말에 임표표의 눈빛이 매섭게 변하더니 이야기꾼 관치를 잡아먹을 듯 노려보았다. 결국 모든 이야기를 알지도 못하면서 아는 척하며 자신을 농락했다는 생각이 든 것이다.

관치 역시 임표표의 시선을 느꼈는지 모른 척하며 고개를 돌려 버렸다.

"흠, 그렇구나. 혹시 너도 이야기의 끝을 모르는 것은 아니겠지? 앞에 이야기했던 누군가는 끝을 안다고 떠들어놓고 결국엔 여기까지가 자신의 임무라고 발뺌을 해버려서 말이다."

"이야기의 끝을 모르는 게 아니라 말을 할 수 없었던 걸 겁니다. 본래 대기하고 있던 이야기꾼의 말에 따르면, 그 역시 앞의 이야기를 알고 있지만 이야기해서는 안 된다는 부탁을 받았다고 하더군요."

"응? 그게 무슨 말이냐? 이야기를 알고 있으면서도 이야기해서는 안 된다니."

남궁철은 그런 말도 안 되는 상황이 어디 있냐며 재차 질문을 던졌다.

"제가 들은 바에 의하면 이렇습니다. 각 이야기를 나누어서 하게 만든 것은 그 이야기를 하는 사람이 그 부분에 있어선 어느 누구보다 확실하게 임무를 수행할 수 있기 때문이다. 그렇기에 자신이 알고 있는 이야기라 할지라도 앞서 이야기한 사람의 의도나 임무를 간섭해서는 안 된다."

"네 말대로라면 지금 이곳엔 네가 아니라 본래 이야기를 해야 할 사람이 있어야 하는 것 아니냐?"

"네. 그것 때문에 화산 숙부님에게 혼이 난 거예요."

"그렇구나. 그런데 어차피 시작과 끝은 같은 이야기를 이렇게 복잡하게 늘어놓을 이유가 있느냐? 그것도 사람을 바꿔가면서 말이다."

"저 역시 그 부분이 좀 이해가 되지 않았어요. 그런데 곰곰이 생각해보니 그렇게 단순한 문제가 아닌 것 같더라고요."

"설명 좀 해주거라. 사실 이 숙부는 답답병이 생기기 직전이구나."

"저도 모든 걸 알지는 못해요. 하지만 제 생각 정도는 이야기할 수 있겠죠. 일단 첫 번째 이유는, 하나의 이야기가 화자의 특성에 따라 한쪽으로 치우치는 일을 방지하기 위해서인 것 같아요. 예를 들어 이야기를 하다 보면 살이 붙기도 하고 일부 생략을 거치기도 할 텐데, 한 사람에 의해서 그 모든 이야기가 진행되다 보면 결국 앞뒤를 맞추기 위해 화자 자신의 의견이 포함되거나 의도완 다른 이야기를 늘어놓을 수가 있겠더라고요. 하지만 각자 이야기 전반을 알고 있지만 할 수 있는 부분을 국한시켜 놓았을 땐, 그 부분에 대한 집중만 하면 되니 앞뒤 걱정 없이 그냥 풀어놓을 수 있는 거죠."

"결국은 관치 그 녀석이 원하는 대로 흘러가도록 하기 위해 의도적으로 이야기꾼들을 배치했다는 뜻이냐?"

"그것까지는 저도 모르겠어요. 사실 왜 이런 이야기를 하고 있는지, 또 모두들 듣고 있는지조차 이해가 되지 않거든요."

소주아의 말에 객잔 안에 있던 사람들은 모두가 공감한다

읍참마속(泣斬馬謖) • 227

는 듯 고개를 끄덕였다.

"오라버니가 집을 떠날 때 저는 태어나지도 않았어요. 그래서 어떤 삶을 살아왔는지, 또 어떤 목적을 가지고 여기까지 왔는지 모르겠어요. 하지만 아무런 이유도 없이 이렇게 일을 복잡하게 꾸미진 않았을 거예요. 그렇지 않나요?"

주아는 조성은과 사마건, 그리고 남궁철을 바라보며 '분명히 이유가 있겠죠?' 하는 표정을 지었다.

다들 주아의 말에 인정을 하면서도 여전히 왜 이런 식으로 일이 흘러가는지는 이해할 수 없다는 분위기가 지배적이었다.

용문진은 다른 사람들처럼 자신도 모르겠다는 듯 고개를 끄덕이면서도, 정작 이 사건들이 무림에 대한 지배권을 놔두고 벌어지는 일종의 내기임을 알게 되면 어떤 표정들을 지을까 하는 생각이 들었다.

'황당해 미치는 인간들도 여럿 나오겠군.'

용문진은 다들 헷갈려 하는 지금의 사태에 자신만은 진실을 알고 있다고 생각하니 묘한 웃음이 흘러나왔.

관치는 최대한 숨으려 하고 자신들은 어떻게든 관치의 위치를 파악해야 하는 상황.

처음엔 관치라 생각했던 자가, 아니 누군가 한 명이 아니라 그들 모두 관치가 아니라는 걸 확인하는 순간 뒤통수를 얻어맞은 심정이 되었다. 그러나 이야기꾼들의 이야기를 듣다 보니 단순히 자신을 감추기 위한 가면이 아니라, 그 이상의 무엇인가가 벌어지고 있음을 깨닫기 시작한 것이다.

'아직은 그것이 무엇인지 알아내지 못했지만……'

용문진은 무당에 들어서기 전까지 관치가 의도하는 게 어떤 것인지, 그가 목적하는 바가 어디에 있는지 알아내야만 한다고 생각했다.

'관치 그자가 어디에 있는지만 확인이 된다면 이렇게 복잡할 이유가 없겠지만, 현재 상황만 지켜본다면 사형들도 쉽게 찾아내지는 못할 게 분명하다. 그렇다면 찾는 자체에 목적을 둘 게 아니라 이런 일을 벌이고 있는 근본적인 이유, 그것을 찾아내야 이 싸움에서 이길 수 있을 것이다.'

각자 관치가 벌인 이 일들에 대해 고민을 거듭했지만 딱히 '이거다!' 할 정도의 답은 찾아내지 못했다.

결국 다시 원위치.

화자가 바뀌긴 했지만 이제부터는 관치의 동생, 소주아의 입을 통해 그가 의도하고자 하는 것이 무엇인지, 또 관치가 안배했던 사람이 아닌 소주아가 끼어듦으로써 벌어지게 될 변수들을 찾아보는 게 현 사태를 파악하는 데 더 확실한 방법이라는 생각이 들기 시작했다.

다들 마음의 준비를 마친 듯하자 소주아가 입을 열었다.

"이야기를 하기에 앞서 분명히 해두고 싶은 점이 있습니다."

"말씀하시지요."

이번에도 진하석이 냉큼 그녀의 말에 대답했다.

"어쩌다 이렇게 되었는지는 모르겠지만, 이 일행엔 오라버니와 직접적으로 연관이 되어 있는 분들이 여럿 계시는 것 같군요."

표사들과 쟁자수들은 표국 사람들 외엔 전부 그런 것 같다며 고개를 끄덕였다.

"그 말은 개인적인 감정이나 이익에 따라 제 이야기를 달갑지 않게 들을 수도 있다는 말이 됩니다. 그리고 이야기의 결과나 진행을 자신이 원하는 방향으로 이끌어가고자 노력하는 분들도 계시겠죠."

소주아는 찻잔을 들어 잠시 목을 축이더니 다시 말을 이었다.

"아무리 제 오라버니의 이야기라고 하지만 저 역시 그런 부분에서 자유롭지 않다는 것을 잘 알고 있습니다."

"아무래도 그렇겠죠. 친오라버니의 이야기니… 불리한 부분은 빼고 싶기도 할 것이고."

진하석은 이해가 된다는 듯 고개를 끄덕였다.

"그래서 먼저 말씀을 드리려고 해요. 저는 지금부터 여러분에게 들려드릴 이야기에 있어 한 점 사심도 품지 않을 것이며, 냉정하게 있는 그대로를 전달하려고 합니다. 오라버니가 자신과 직접적인 관련이 없는 이야기꾼들을 채용해 일을 진행하는 것도 그런 이유가 있었기 때문일 겁니다."

소주아는 객잔 안을 쭉 살펴보더니 이야기를 시작하기 전에 마지막 말이라는 듯 다시 한 번 입을 열었다.

"읍참마속(泣斬馬謖)이라고 했습니다. 공정을 지키기 위해 사사로운 정(情)을 버릴 것이니, 여러분 역시 그에 동참해주시길 바라겠습니다."

소주아가 단호한 음성으로 요구를 해오자 사람들 역시 그렇게 하겠다는 듯 고개를 끄덕였다. 사실 관치가 이야기를 진행하는 동안엔 가타부타 말들이 많은 편이었기에 소주아의 말을 어느 정도 공감을 할 수 있었다. 아니, 그렇게 안 해주면 엉엉 울어버릴 거라는 눈빛에 공감하는 척해주고 싶었는지도 몰랐다.

　　　　　◎　　◎　　◎

현선이 방 안으로 들어가자 천장을 바라보고 있던 백발 괴인이 고개를 돌렸다.

'휴, 눈빛이……'

광기에라도 물든 듯 번들거리는 백발 괴인의 눈빛에 현선의 몸이 잘게 떨렸다.

"말귀를 못 알아듣는군."

관치는 또다시 자신을 쫓아 방 안으로 들어온 현선을 보고 짜증 섞인 표정을 지었다. 그러나 현선은 아무런 말도 하지 않은 채 조용히 서 있을 뿐이다.

'있는 듯 없는 듯, 마치 공기처럼.'

현선은 관치가 뭐라고 하건 아무 일도 없다는 듯 그렇게 버티기 시작했다. 무언의 반항을 시작한 것이다.

"홋, 묵비권 행사인가? 뭐, 상관없겠지."

관치는 현선을 아예 없는 셈 치겠다는 듯 시선을 돌려 버렸다.

-숙부님, 미친 척이라도 한번 해주십시오. 꼬맹이 녀석 은근히 끈질깁니다.

-머리 아픈 일에 끌어들이지 마라. 네 일은 네가 알아서 하는 것이다.

조성은은 어림도 없다는 듯 시선을 다시 천장으로 돌리며 마치 넋 나간 사람처럼 눈에 초점을 풀어버렸다. 관치 말대로 미친 짓 같기는 했지만 결과는 정반대 상황.

-정말 이러실 겁니까?

관치는 현선과 마찬가지로 묵비권에 들어간 조성은을 보며 길게 한숨을 내쉬었다.

"좋아, 솔직하게 대답한다면 내가 양보하도록 하지."

관치는 덤덤한 표정으로 자리를 지키고 있는 현선에게 다시 말을 건넸다.

"……."

"기회를 줘도 말을 하지 않겠다면……."

"아니요, 물어보세요."

"좋아. 나에게 접근한 이유는?"

"접근하다니요? 소장님도 알다시피……."

"나에 대해, 내 정체에 대해 정보를 전해준 이가 누구지?"

"그런 사람은 없어요. 소장님이 하신 말씀을 통해……."

"고집을 피우면서까지 이곳에 남아야 하는 이유가 뭐지?"

"저는 소장님 밑에서 수련을 쌓고 해결사 세계에……."

"그만! 거기까지. 그런 식으로 나온다면 나도 더 이상 할 말이 없겠어."

 관치는 다시 몸을 일으켜 이번엔 밖으로 나가버렸다. 현선과 한공간에 있지 않겠단 뜻을 행동으로 보인 것이다.

 관치가 다시 자리를 피해버리자 현선의 얼굴에 잠시 그늘이 드리워졌지만, 이 정도는 아무것도 아니라는 듯 이번에도 관치를 따라 밖으로 걸어 나갔다. 관치가 포기할 때까지 거머리처럼 붙어 다닐 생각이었다.

"왜 또 찾아온 것입니까?"

 관치는 어정쩡한 자세로 자신을 기다리고 있는 황금 전장의 오 집사를 보고 눈살을 찌푸렸다.

"아, 소장님."

"우린 더 이상 할 이야기가 없다고 생각하는데."

"서로 간에 오해가 좀 있었던 것 같습니다. 흥정은 붙이고 싸움은 말리라고 하지 않았습니까. 오해가 있다면 풀어야지요."

오 집사는 관치가 어떤 반응을 보이건 목적을 달성하겠다는 듯 연방 싱글거리며 웃음을 보였다.

'거머리가 하나 더 늘었군. 일단 백발 괴인의 정체가 숙부님임을 알게 되었으니 적당히 맞장구를 쳐 줄까?'

관치는 의심스러운 행동으로 경각심을 갖게 했던 황금 전장이었지만, 그곳의 주인이 과거 아버지와 인연이 있다는 숙부의 말에 호기심이 생긴 상태였다.

"오해라… 정말 오해를 풀 수 있겠소?"

"물론입니다. 하지만 오해를 풀자면 전장으로 함께 가셔야 하는데……."

오 집사는 조심스런 말투로 관치를 바라봤다.

"내가 오해를 풀어야 하는 이유라도 있소?"

"당연하지요. 소장님도 아시다시피 황금 전장은 대륙의 금전을 지배하는 곳입니다. 솔직히 배경 든든한 곳과 인연이 되면 이득을 봤으면 봤지, 손해 볼 일은 아니지 않습니까."

"그러니까 황금 전장과 친해지면 손에 떨어지는 게 많다?"

"그 말이 바로 제 말입니다."

오 집사는 고개를 끄덕이면서 다시 웃음을 지어 보였다.

'황금 전장은 다섯 명의 집사가 떠받치고 있다더니 없는

말은 아닌 것 같군.'

 관치는 선한 눈빛을 하고 연방 약자의 모습을 보이는 오 집사의 태도를 보며 자신도 모르게 고개를 끄덕일 뻔했다.

 '큭, 그렇군. 이런 식으로 상대의 마음을 흩트려 놓는 것인가.'

 관치는 딱히 잘난 것 없어 보이는 중년의 사내가 어떻게 황금 전장의 집사 자리까지 올라섰는지 감을 잡은 것이다. 그것은 다름 아닌 상대가 거부하지 못하게 만드는 묘한 분위기였다.

 "어차피 소장님은 손해 볼 일이 없지 않습니까? 마음에 들지 않는다면 다시 돌아오면 그만입니다."

 '그래, 보통은 그 말에 넘어가겠지. 하지만 당신을 따라 황금 전장에 들어가면 뭔가 골치 아픈 일에 휘말릴 것 같단 말이야.'

 "어차피 마음에 들지 않을 것이니 오가는 수고는 하지 않고 싶소. 그러니 돌아가시오."

 계속되는 관치의 축객령. 오 집사의 얼굴에 '이놈 봐라?' 하는 표정이 순간적으로 드러났다가 곧바로 사라졌다.

 "어허, 한 번만 더 생각해보시오. 아무리 봐도 손해 날 게 없는데 무엇 때문에 피한단 말이오."

 간이라도 빼줄 듯 행동하던 오 집사의 어투가 미묘하게 변화를 일으켰다. 간절한 눈빛이 통하지 않자 간교한 어투로 방법을 바꾼 것이다.

"누가 누굴 피한다는 건지 모르겠군."

"그것참, 지금 소 소장이 그러고 있지 않습니까. 어차피 손해 볼 것도 없다는데 거부한다는 것은 뭔가 구린 게 있어 손해 볼 수도 있다 생각하는 것 아니냐, 이 말입니다."

"구린 게 있다? 내가 할 말이군. 당신이야말로, 아니 황금 전장이야말로 구린 게 있어서 나 같은 무명소졸을 원하는 것 아니오?"

관치는 웃기지 말라는 듯 오 집사를 바라봤다.

"소 소장, 정말 왜 이러시오. 제발 나 좀 살려 주시구려."

오 집사는 자극적인 말투론 오히려 손해를 볼 수 있다는 생각이 들자 또다시 어투가 바뀌며 이번엔 애절한 표정을 짓기 시작했다.

"나는 당신이 죽든 살든 관여치 않고 싶으니 이만 돌아가시오."

"소 소장, 나에겐 팔십 넘은 노모와 마누라는 물론이고 애들까지 딸린 사람이오. 당신을 데려가지 못하면 당장 길바닥에 나앉게 생겼는데 어찌 돌아가라고 하는 것이오."

"천하의 황금 전장 집사가 무명소졸 하나 데려가지 못했다고 길바닥에 나앉을 상황이라니."

"내 말이 바로 그 말이오. 그러니……."

"이 정도 일로 사람을 쫓아낼 황금 전장이라면 더더욱 이야기를 나눌 생각이 없소."

 관치는 꿈도 꾸지 말라는 듯 그대로 고개를 돌려 버렸다.

 '뭐 이런 자식이 다 있어? 돈도 싫고 배경도 싫어? 도대체 뭘 내놔야 움직일 것이냐!'

 오 집사는 돌부처라도 된 양 꼼짝도 하지 않는 관치를 보며 점점 부아가 치밀기 시작했다. 중원 집사계의 일인자라는 황금 전장의 오 집사가 듣도 보도 못한 잡놈에게 계속해서 무시를 당한 것이다.

 '끙, 노마님의 지시만 아니었다면…….'

 오 집사는 관치의 마음을 돌리기 위해 연방 머리를 굴려봤지만, 황금 전장 자체가 싫다며 아예 등을 돌려 버린 관치의 태도에 어이없는 얼굴이 되고 말았다.

 "하지만……."

 오도 가도 못하고 어정쩡한 상태가 되어버린 오 집사의 귀에 관치의 음성이 흘러들었다.

 "네? 네, 말씀하시지오."

 "황금 전장의 주인이 직접 찾아온다면 한번 고민해보리다."

 "……."

 "왜? 그건 싫은 것이오?"

 "……."

 "아쉬운 사람이 우물 파는 법이라 했소. 오해를 풀고 싶으면 오해를 만든 사람이 직접 찾아오라고 하시오."

오 집사는 관치의 거만한 태도에 결국 자리를 박차고 일어났다.

"감히 황금 전장 주인을 오라 가라 해? 오늘 일을 기필코 후회하게 만들어주마."

"그러시든지."

"그래, 계속 그렇게 행동해라. 네놈이 돈 한 푼 없이 어찌 버티나 그것부터 지켜보마."

오 집사는 찬바람 쌩쌩 날리는 말을 던져 놓고 별채를 나가버렸다.

관치와 오 집사의 대화를 지켜보고 있던 제갈현선과 남궁보륜은 황금 전장과 스스로 적이 돼버린 관치를 보며 어이없는 표정을 지었다. 당장 무림맹만 해도 황금 전장을 상대할 때는 조심 또 조심을 해야만 했다. 힘이 세면 뭘 하겠는가. 먹고 입는 게 차단되면 순식간에 거지가 되는 건 당연지사였다. 그리고 황금 전장은 그 대상이 누구든 그렇게 만들 만한 강대한 힘을 지닌 곳이었다.

"저기, 소장님, 괜한 짓 한 게 아닌가 싶은데……."

보륜은 걱정스럽다며 조심스럽게 입을 열었다.

"괜한 짓은 내가 아니라 황금 전장이 하는 거다. 헛소리할 시간 있으면 마당이나 한 번 더 쓸어놔. 손님이 찾아올 테니까."

"네? 또 누가 찾아온단 말입니까?"

"오가는 시간 생각하면 늦어도 한 시진 안에는 올 것 같으니 다과도 준비해놓고."

"알겠습니다."

보륜은 '설마하니 정말 오겠어?' 하는 표정을 지었지만 일단 관치의 말에 충실히 따르기 시작했다.

제9장. 온고지신(溫故知新)

온고지신(溫故知新)

-옛 것을 익혀 새로운 것을 안다.

즉, 옛 것을 익혀 그것을 토대로 새로운 지식과 도리를 발견하다.

남궁보륜과 제갈현선의 얼굴이 긴장감으로 굳어졌다. 설마 했는데 진짜 오 집사가 돌아온 것이다. 거기다 혼자 돌아온 것이 아니라 칼날 같은 기세를 쏟아내는 황금 전장의 무사 일곱이 오 집사의 뒤를 따르고 있었다.

"뭐 하고 있어? 들어오시라고 해."

"아, 네. 이쪽으로……."

보륜은 얼떨떨한 얼굴을 하고 오 집사를 안쪽으로 안내했다.

"이번에도 전장의 주인은 안 오신 것이오?"

관치는 시큰둥한 표정을 하고 오 집사를 바라봤다.

"그분을 움직이기엔 소 소장의 존재가 너무 미미한 게 아닌가 싶소."

관치는 오 집사를 호위하듯 따라 들어온 일곱의 무인을 바라보더니 다시 입을 열었다.

"말로 안 되니 무력이라도 쓰겠다는 뜻인가?"

"그럴 리가 있겠소. 소 소장을 모시고 가는 동안 혹 불미스런 일이 생길까 싶어 호위로 데려온 이들이오."

"호, 불미스러운 일이라……."

관치는 웃기지 말라는 듯 오 집사를 바라봤다.

"물론, 그 불미스런 일이 오가는 중에만 생기라는 법은 없지 않겠소? 세상사 알다가도 모르는 것이라, 오늘 당장 이곳에서 그런 일이 생길 수도 있으니 평소 준비를 잘하고 다녀야 하는 법이오."

"오 집사의 마음은 고맙게 받으리다. 하지만 나 역시 쓸 만한 호위를 데리고 있으니 저들은 필요가 없을 듯한데."

관치는 보륜에게 손짓을 하더니 백발 괴인을 데려오라고 했다.

"방 안에 계시는 그분 말입니까?"

보륜은 내키지 않는 표정으로 관치를 바라봤다.

"그럼 또 누가 있나?"

"알겠습니다."

보륜은 은근히 자신을 옭아매는 백발 괴인의 기운에 지쳐가고 있었기에 어지간하면 얼굴을 맞대기 싫었다. 그러나 싫다고 하지 않을 수 없는 게 자신의 처지다 보니 축 처진 얼굴을 하고 안채로 들어가야만 했다.

오 집사는 관치에게 호위가 있다는 말에 잠시 고개를 갸웃 거렸지만 해결사 보조라고 해봤자 고만고만하겠지, 하는 생각에 신경을 꺼버렸다.

"마지막으로 부탁하겠소. 나와 함께 갑시다."

오 집사는 최후의 통첩을 날리듯 관치를 바라봤다.

"전장의 주인이 직접 오라고 하시오."

"흥! 끝까지 이런 식으로 나오겠단 말이오?"

오 집사는 더 이상 시간을 끌 필요가 없다는 듯 대동하고 온 일곱 무사에게 눈짓을 했다.

"잠깐."

관치는 막 검을 뽑아들려는 무사들을 향해 손을 들어올렸다.

"왜? 이제 겁이 난 것이오?"

"그럴 리가 있겠소. 아직 내 호위가 나오지 않아 그런 것이니 잠시만 참아주시오."

관치는 뭐가 그리 급하냐는 듯 오 집사를 바라보다가 보륜의 발소리에 고개를 돌렸다.

"저기 오는군. 인사하시오. 내 호위인 백발 괴인이라고 합니다."

오 집사는 해결사 보조라고 해봤자, 하는 생각으로 고개를 돌렸다가 조성은을 발견하고 후다닥 뒷걸음질 쳤다.

"아, 이미 아는 사이시던가? 곡물 창고의 귀신으로도 알려졌는데."

"저, 저분, 아니 저자가 왜 이곳에 있는 것이오?"

"제일흥신소 무력 보조요. 이번에 새로 채용해서 아직 모르고 있었던 모양이오."

"……"

"자, 다시 시작해봅시다. 거기 일곱 분, 이제 검을 뽑아도 되니……."

"뽑지 마! 돌아간다. 빨리빨리 움직여!"

오 집사는 벼락이라도 맞은 듯 부산을 떨더니, 자신만만한 표정으로 데리고 왔던 일곱 무사를 급히 별채 밖으로 밀어냈다.

오 집사의 모습을 말없이 지켜보고 있던 조성은은 무슨 생각을 하고 있는 거냐며 관치를 바라봤다.

"황금 전장과 얽히기 싫어서 말입니다."

"흠, 황금 전장 정도의 배경이라면 손을 잡을 만하지 않을까?"

"손도 대등할 때 잡는 법이죠. 숙부님 말대로 과거 인연이 있는 곳이라곤 하지만, 황금 전장은 개인적인 친분에 의해 사사로이 움직이지 않는다 들었습니다. 그렇다면 결국 골치 아픈 일이 생겼단 뜻인데, 왜 하필이면 나냔 말입니다. 막말로 딱 까놓고 숙부님이야말로 적임자인데 그 적임자는 여기서 꼼수를 부리고 있고, 무명소졸이나 마찬가지인 나에겐 끈질기게 구애를 해오니 의심을 하지 않고 싶어도 안 할 수가 없는 상태죠."

"끙, 그 아비에 그 자식이라더니."

"네?"

"아니다. 난 모르겠으니 네 맘대로 해라."

조성은은 관치와 황금 전장 사이에 엮이고 싶지 않다는 듯 다시 안으로 들어가버렸다.

보륜과 현선은 백발 괴인에게 숙부라 부르는 관치를 보며 어리둥절한 표정을 지었다. 황금 전장의 곡물 창고를 털어먹던 괴인이 왜 갑자기 숙부란 말인가.

"저기……."

현선은 궁금증을 견디지 못하고 조심스럽게 입을 열었다. 그러나 현선의 입에서 질문이 흘러나오기도 전에 몸을 일으킨 관치는 그녀를 무시하고 조성은의 뒤를 따라 방으로 들어가버렸다.

현선은 철저히 자신을 무시하는 관치의 태도에 울컥한 심정이 되었지만, 이 정도로 물러설 생각이었다면 시작도 안 했다는 듯 다시 한 번 스스로를 다독이고 다짐을 했다.

◈ ◈ ◈

"마님, 그자를 고집하시는 이유라도 있으신 겁니까?"

오 집사는 도무지 이해가 가지 않는 듯 황금 전장의 주인, 통칭 노마님으로 불리는 자신의 주인에게 불만 섞인 음성을 토해냈다.

"천하의 오 집사가 화를 내다니, 오래 살고 볼 일이구나."

"……."

"너는 이 황금 전장이 어떻게 만들어진 것인지 아느냐?"

"그거야 노마님의 영험한 영도력 아래……."

"물론 그것도 틀린 말은 아니다."

"틀린 말은 아니라 하심은… 다른 것도 있다는 말씀이십니까?"

오 집사는 왜 갑자기 이상한 말씀을 하시냐는 듯 눈을 깜빡거렸다.

"지금의 황금 전장은 제일흥신소란 곳이 있었기에 가능했다."

"네? 그게 무슨 말씀이십니까?"

황금 전장의 성공이 제일흥신소 덕분이라는 노부인의 말에 오 집사는 '농담이시죠?' 하는 표정을 지었다.

"황금 전장의 시작이라 할 수 있는 먼 옛날로 돌아가면 그 바탕은 물론이고 첫 종자돈까지 모두 제일흥신소에서 나왔다고 보면 된다."

"……."

"왜? 믿기지가 않느냐?"

"제일흥신소가 문을 연 것은 얼마 되지 않습니다. 그리고 노마님의 연세를 따져 본다 해도 관치라는 그자가 연관되었다고 보기엔……."

오 집사는 앞뒤가 맞지 않다며 연방 고개를 갸웃거렸다.

"물론이다. 내가 말하는 제일흥신소는 무한에 문을 연 곳과는 다른 곳이다. 하지만 결국엔 같은 제일흥신소지."

"여전히 어렵습니다."

오 집사는 사연을 알기 전에는 용납할 수 없다는 듯 노부인을 올려다봤다.

"무한 제일흥신소의 소장, 소관치는 황금 전장의 은인이자 원수라 할 수 있는……."

노부인은 은인이라는 말을 할 때는 한없이 인자한 표정을 짓다가, 원수라는 말을 꺼낼 땐 성치 않은 이를 으드득 소리가 날 정도로 갈아댔다.

꿀꺽.

오 집사는 어떤 역경이 있어도 표정 한번 변치 않던 자신의 주인이 주먹을 움켜쥐고 한동안 말을 잇지 못하자 잔뜩 긴장된 얼굴이 되었다.

"그자의 아들이자 제일흥신소의 정통 후계자다."

"은인이자… 원수란 말씀은……."

"오늘의 황금 전장이 있도록 만든 것을 생각하면 당연히

온고지신(溫故知新) • 249

은인이라 할 수 있지만, 나를 버리고 다른 여인에게 가버린 것을 생각하면……. 으드득!"

오 집사는 평생 남자를 멀리하고 오직 돈만 가까이한 노부인의 과거에 그런 사연이 담겨 있을 줄은 몰랐다.

"복수를 원하시는 겁니까?"

"그래, 복수를 해야지. 그 인간이 눈길 한 번만 제대로 줬어도, 다른 여인들에게 가기 전에 작은 흔적 하나만 남겨 놨어도 이렇게 외롭지는 않았을 것이다."

"그런데 문제가 있습니다."

"문제라니?"

"노마님에게 찾아와 귀신 소동을 부탁했던 분 있지 않습니까."

"그런데?"

"그분이… 관치 그자의 호위로 채용되었답니다."

"……."

오 집사의 보고에 노부인의 눈 끝이 파르르 떨렸다.

"그래, 그런 식으로 일을 진행하겠다 이거였군. 과거 화산파를 부흥시킬 때 그 많은 돈을 밀어주었거늘, 또다시 등을 돌려? 조성은 이 늙은이, 이번엔 절대 그냥 넘어가지 않을 것이다. 그동안 화산에 들어간 돈이 모두 얼마인지, 유예를 받아준 이자는 얼마나 되는지 부스러기 하나까지 모조리 파악해놔!"

◎   ◎   ◎

"음… 주아야."

"네, 조 숙부님."

"지금 네가 한 이야기는 관치가 직접 겪은 이야기는 아니지?"

조성은은 불편한 표정으로 질문을 던졌다.

"당연히 그렇겠죠. 이 이야기는 황금 전장에서 오 집사와 노마님의 대화일 뿐이니까요."

"그렇지? 그러니까 진짜 있었던 일은 아니라는 거지."

조성은은 안도의 한숨을 내쉬었다.

"아니요. 이야기를 들려준 사람의 말에 따르면, 혹시 이 부분에서 이 이야기의 진위를 묻는 사람이 있을 때 이렇게 이야기하라고 하던데요."

"어떻게 말이냐?"

"그 자리에 있지는 않았지만, 오 집사를 통해 확실히 전해들은 말이니 신뢰도 십 할 이상이라고요."

"……."

조성은은 왜 남의 과거지사에 자신이 당해야 하는지 모르겠다는 듯 억울한 표정을 지었다.

"계속 이야기해도 될까요?"

"끙, 그렇게 하려무나."

◘　◘　◘

"소장님, 황금 전장의 오 집사가 또 찾아왔습니다."

"그래? 어지간히 끈질기네."

관치는 도무지 속을 모르겠다는 듯 한숨을 쉬어대더니 다시 밖으로 걸어 나갔다.

"이번엔 짧고 굵게 말하겠소."

"그러시든지."

턱.

오 집사는 품에서 작은 책자 하나를 내려놓았다.

"이게 무엇이오?"

"직접 확인해보면 알 거라 하셨소."

직접 확인해보라는 말에 책을 집어든 관치는 대충 훑어보듯 책장을 넘겼다. 처음엔 귀찮은 표정이 역력하던 관치 얼굴이 점차 시간이 지날수록 진지해졌다.

"일부분이군."

관치는 책을 내려놓더니 오 집사를 바라봤다.

"당연히 일부분이오. 그러나 의뢰를 성공리에 마무리 지어준다면 나머지 부분은 물론이고, 일에 합당한 금액도 지급받을 것이오. 어떻소?"

"아무래도 당신의 주인을 만나봐야 할 것 같군."

"껄껄껄, 처음부터 이렇게 나왔으면 서로 얼굴 붉힐 일은

없었을 것 아니오?"

오 집사는 작은 책자 하나가 의외의 성과를 발휘하자 신기하기도 하고 놀랍기도 했다. 오는 도중에 자신도 내용을 살펴보긴 했지만 누군가의 행적을 기록해놓은 것 외엔 특별하게 생각할 내용은 적혀 있지 않았기 때문이다.

단지 마지막 장에 '온고지신을 원하는가?' 라는 글귀가 고개를 갸우뚱거리게 만들었을 뿐이다.

"마음을 먹었으면 지금 갑시다."

오 집사는 쇠뿔도 단김에 빼라 했듯, 관치가 또다시 마음을 바꿀까 두려워 바로 자리를 털고 일어났다.

"아니요, 잠시 준비가 필요하니 기다려 주시오."

"준비는 무슨……."

"내 생각이 맞다면 그대의 주인을 만남과 동시에 바로 일이 시작될 것 같으니 그러는 것이오."

"그런 것이오?"

오 집사는 자신의 주인이나 흥신소 소장이나 감을 잡을 수 없는 사람들이라 생각했다.

"무명, 활동하기 좋은 무복으로 갈아입고, 호위부장 모시고 와."

"네."

관치는 보륜이 후다닥 안으로 뛰어 들어가자 이번엔 현선 쪽을 바라보며 오 집사에게 말을 건넸다.

"분명히 해둘 것이 있는데. 제일흥신소 총인원은 모두 셋이오. 그 이외엔 나와 무관하니 알아서 처리하도록 하시오."
 오 집사는 제갈현선을 힐끔 쳐다보더니 고개를 끄덕였다. 그녀가 어떤 처지인지 모르는 것은 아니나, 자신의 목표는 어디까지나 관치 한 사람뿐이었다. 다른 이들에게 신경을 쓸 정도로 여유롭지도 못했고, 또 그러고 싶은 생각도 없었다.
 "소저, 처지는 딱하나 나도 어쩔 수 없다오. 피차 원하는 것이 달라 문제가 생긴 것이니 서로 원망하거나 그런 일은 없도록 합시다."
 오 집사는 자신을 노려보는 제갈현선의 눈길에 험험, 헛기침을 내뱉더니 먼 산으로 시선을 돌려 버렸다.

 현선은 죽어도 포기할 생각이 없는지 관치 일행을 따라 황금 전장으로 걸음을 옮겼다.
 '아무리 황금 전장이라고 해도 제갈세가를 무시하지는 못하겠지.'
 현선은 직접적으로 관치가 있는 곳까지 따라가진 못하겠지만, 그렇다고 황금 전장에 들어가지도 못한다고는 생각지 않았다.
 이미 한 번 왔던 곳이긴 하지만 다시 봐도 황금 전장의 규모는 상상을 초월했다.

"말이 좋아 전장이지, 결국 고리대금이나 하는 곳치곤 덩치가 너무 커."

관치는 황금 전장에 들어서자 마음에 들지 않는다는 듯 연방 투덜거렸다.

"험험, 말이 심하시오. 고리대금이라니. 황금 전장이 뒷골목에서 서민들 피나 빨아먹는 그런 곳인 줄 아시오? 매년 어려운 이들을 위해 내놓는 돈만 해도 범인은 상상할 수 없을 정도요. 황금 전장은 기본적으로 사회 환원이라는 기치를 걸고 시작된 기업이오. 말을 조심하시오."

"그러시든지."

관치는 오 집사가 뭐라고 말하건 툭 쏘아주는 걸 한 번도 멈추지 않았다.

'그래, 언제까지 그렇게 건방을 떨 수 있는지 두고 보자. 노마님의 복수가 시작되면 네놈 인생도 이걸로 끝이다!'

오 집사는 부글거리는 속을 꾹꾹 눌러 내리며 노부인이 기다리고 있는 중앙 전각으로 관치 일행을 안내했다.

"노마님, 제일흥신소 소장 소관치 님과 그 일행을 모시고 왔습니다."

"들어오시오."

"네, 노마님."

오 집사는 전각 문이 열리자 관치 일행을 안쪽으로 안내했다.

노마님이라는 호칭을 가진 황금 전장의 주인은 장막 뒤에 반쯤 누운 자세로 일행을 맞이했다.

"조 대협은 매번 예상치 못한 장소에서 뵙게 되는군요."

조성은은 장막 쪽으로 가볍게 포권을 지어 보이더니 '하하' 소리를 내며 웃음을 내비쳤다.

"저 역시 황금 전장의 주인이신 노마님을 이렇게 다시 뵐 줄은 생각지 못했습니다."

"과연 그러시겠죠."

조성은은 장막 뒤에서 들려오는 목소리가 호의적이지 않음을 파악하고 한 걸음 물러서 관치 뒤로 숨어버렸다.

"제일홍신소 소장 소관치라고 합니다."

"그대가 소관치로군."

"그러는 당신은 황금 전장의 주인이겠군."

관치는 상대가 대뜸 말을 낮추자 발끈한 표정으로 똑같이 되받아쳤다. 그리고 그와 동시에 곳곳에서 살을 엘 듯한 살기가 줄줄이 흘러나왔지만 콧방귀를 날려 주었다.

"그 아비에 그 자식이라……."

"분위기를 보아하니 오래 이야길 나눌 상황은 아닌 것 같은데, 용건만 간단히 나눕시다."

"호호호호호!"

장막 뒤의 노부인은 만사가 귀찮다는 듯 툭툭 쏘아대는 관치의 태도에 웃음을 터트렸다.

"웃음소리나 들려주려고 이곳까지 부른 것이오?"

"어린 녀석이 못하는 소리가 없구나."

"내 나이가 어리다면 나보다 어린 놈들은 핏덩이이겠군."

관치는 한 치도 밀리기 싫다는 듯 끝까지 말꼬리를 물고 늘어졌다.

"좋다. 과연 그 입만큼 능력도 되기를 기대해보마."

"원하는 게 무엇인지 그것부터 말해봅시다."

관치는 대충 아무 곳에나 자리를 잡고 앉더니 귀를 후벼 파기 시작했다.

"서안(西安) 황금 전장 지부에 가면 알게 될 것이다."

"서안이라면 섬서성까지 가야 한단 말이오?"

"문제가 있는 곳에 가야 해결도 할 수 있을 것 아니냐."

"비용은 얼마나 주실 것이오?"

"착수금으로 금자 오십 냥. 의뢰를 마무리하면 금자 백 냥을 더 주도록 하지."

"그것 말고 더 있는 것 아니오?"

"물론이다."

장막 안에서 비단 꾸러미 하나가 관치 쪽으로 날아들었다.

"전권이면 수락이오."

"그가 무림을 떠나기 전까지의 기록은 거의 담겨 있을 것이다. 물론 그 기록은 나 외엔 아무도 알지 못한다."

"무슨 이유로 이런 책자를 만든 것이오?"

관치는 의심스러운 눈초리로 장막을 바라봤다.

"개인적인 호기심이라고 해두지."

"개인적인 호기심이라……."

"일을 해결하는 데 도움이 될 것이다."

"좋소. 내용도 모르고 일을 해야 한다는 것이 불만이긴 하지만, 이번은 이유를 묻지 않겠소."

"호호호호, 시원스러워 좋구나. 노파심에 하는 말이다만, 만에 하나 의뢰를 실패하게 되면 네놈은 그 이상의 것을 토해내야 할 것이다."

"불가능한 일을 맡긴 건 아니고?"

"불가능이라. 과거의 그라면 이 정도 일은 삼 등급 정도로 취급을 했을 것이다."

"불가능은 아니란 뜻이군. 좋소. 기간은?"

"최대한 빨리."

"의뢰가 마무리되면 봅시다."

관치는 더 이상 할 말이 없다는 듯 자리를 털고 일어났다.

"숙부님, 가십시다."

"으응?"

조성은 황금 전장의 주인 앞에서 대뜸 자신을 숙부라 불러버리는 관치의 만행에 뜨악한 표정이 되었다.

"안 가실 겁니까?"

"가야지. 가고말고."

◎　◎　◎

"소 소저."
"네, 진 표두님."
"그런데 관치 그 친구가 봤다는 책자 말이오."
"네."
"누군가의 행적이 기록되어 있다고 했는데, 혹시 전대 흥신소장의 행적 뭐 이런 겁니까?"

소주아는 진하석의 말에 생긋 웃어 보이더니 고개를 끄덕였다.

"진 표두님은 머리가 무척 좋으신가 봐요. 아직 말도 하지 않았는데 유추를 해내시고."
"하하하, 제가 머리가 좋기는 좋지요."

사람들은 소주아의 칭찬에 웃음을 터트린 진하석을 보며 불쌍하다는 표정을 지었다. 이야기를 듣고 있는 사람들 모두 그 정도는 예상하고 있었기 때문이다.

"오라버니가 의뢰를 수락한 것은 황금 전장의 노마님이 제일흥신소 초대 소장님의 사건 기록부를 내밀었기 때문이죠."
"그런데 사건 기록부라면 어느 곳이건 기밀로 취급하는 문서가 아니오."
"물론이에요."

"어쩌다 그런 책자가 황금 전장의 손에 들어간 것이오?"
"그건……."
소주아는 잠시 망설이는 눈빛을 보이다가 결국엔 입을 열었다.
"과거 제일흥신소에서 그 기록을 담당하던 분이 계셨는데, 초대 소장이 은퇴를 하자 적당한 돈을 받고 팔았다고 하더군요."
소주아는 '그렇죠?' 하는 표정으로 조성은을 바라봤다.
"가지고 있어봐야 필요도 없고……."
조성은은 당황한 기색으로 급히 입을 열었지만 이어지는 소주아의 말에 입을 다물어버렸다.
"금자 천 냥이면 가지고 있어봐야 필요 없을 정도로 무의미한 책자는 아니었던 것 아닌가요?"
관치가 손에 넣은 제일흥신소 사건 기록부가 금자 1천 냥이 넘어가는 가치를 가진다는 말에 사람들의 표정은 경악으로 물들었다. 도대체 뭐가 적혀 있기에 그렇게 엄청난 비용을 지불하고 가져갈 정도란 말인가.
"그랬군. 내가 그거 찾느라 몇 달 동안을 뛰어다녔는데, 그 꼴을 보면서도 모른 척했던 이유가 이미 팔아 처먹은 것 때문이었어!"
소주아의 말에 그녀의 사부 사마건이 당장 검을 빼들더니 조성은을 향해 사정없이 쑤셔 넣었다.

"으억!"

조성은은 오래전 일이라 대충 넘어갈 줄 알았던 사마건이 '죽어!' 하는 표정으로 검을 휘두르자 안색이 급변했다.

"잠깐! 사마 후배, 내 말 좀 들어봐. 다 사연이 있는 거라니까!"

"시끄러! 이 인간아. 내가 고 소장님 기록부 때문에 얼마나 들볶였는지 알아? 소가장에 끌려가 무려 두 달 동안 마당쇠를 해야만 했다고. 천하의 사마건이! 살천의 특급 살수 일호가 빗자루질만 두 달이라니!"

"어허, 이 사람, 아무리 그래도 그렇지. 자네도 나눠 먹은 돈인데 이제 와서 그러면 안 되지."

조성은은 객잔 안을 뛰어다니며 사마건의 공격을 피하다 말고 '너도 공범이야!' 라는 말을 외쳤다.

"그게 무슨 소리야!"

"너 두 달간 빗자루질 끝나고 위로주 산 거 기억 안 나? 소주에서 한 달 넘게 기루란 기루는 모두 들락거리며 진탕 먹어댔잖아!"

"그럼… 그게."

"그래, 기록부 팔아서 챙긴 돈으로 먹고 논 거야."

"이… 빌어먹을 인간아! 그 귀한 걸 팔아치워서 기껏 한 짓이 기녀와 놀아난 거라고?"

사마건은 더더욱 참을 수 없다는 듯 분통을 터트렸다.

"그만 좀 해라. 넌 어떻게 사십 년 전이나 지금이나 그렇게 융통성이 없냐? 그게 나 혼자 잘되자고 한 짓이냐? 물론 그 돈으로 화산파 복구에 힘이 되긴 했다만, 너도 출처불명의 돈인 줄 알면서도 그저 받아다 살천 애들 새살림 꾸리는 데 펑펑 써댔잖아."

"두 분 모두 그만 하세요. 이유야 어떻든 다시 오라버니 손에 들어왔으니 그걸로 된 거잖아요."

"끙."

"흥!"

소주아의 말에 조성은은 힘 빠진 모습을 보였고, 사마건은 여전히 분이 풀리지 않는다는 듯 콧방귀를 뀌었다.

"아직 할 이야기가 많이 남아 있으니 그만들 하고 앉으세요. 정말 사람들 보기 창피해서."

소주아는 알 만한 사람들이 더 요란 떤다는 듯 혀를 차버렸다.

제10장. 양상군자(梁上君子)

양상군자(梁上君子)

-대들보 위의 군자라는 뜻으로, 집 안에 들어온 도둑의 비유

 섬서성 서안(西安)에 도착한 관치 일행은 또다시 이동을 시작했다. 서안 지부에 도착하자마자 지부장이 넘겨준 서류에 섬서 북쪽에 위치한 연안(延安)으로 가라고 되어 있었기 때문이다.

 5일에 걸쳐 강행군을 거듭한 관치 일행은 연안 지부에 도착을 하고서야 겨우 휴식을 취할 수 있었다.

 "헉헉! 도, 도대체 소장님 정체가 뭡니까?"

 남궁보륜은 그냥 걷기만 하는데도 경공을 써 움직이는 자신보다 더 빠르게 이동하는 관치의 모습에 귀신이라도 본 것처럼 질린 얼굴이 되었다.

 그것은 이미 정점에 다다른 조성은 역시 마찬가지였다. 분

명히 경공은 아닌데 경공을 쓰는 것 이상으로 빠르게 움직이면서 땀 한 방울 흘리지 않는 관치의 모습은, 과거 자신이 알던 그 사람이 그랬던 것처럼 그의 아들 관치 역시 완전히 다른 세상에 있는 것처럼 느껴졌다.

"제일홍신소 소장 소관치. 아직까지는 그 정도만 알면 돼."

헉헉대는 남궁보륜 옆에서 땀을 닦아 내리던 조성은이 담담한 어조로 질문에 대답했다.

"정말 그게 답니까?"

"뭐, 아직까지는."

"아직 어린 나이지만 세상 돌아가는 이치 정도는 알고 있습니다. 무림에 존재하는 모든 경공을 알지는 못하지만 '바르게 걷는 법'이란 경공은 이야기책에서도 본 적이 없습니다."

"그건 나도 마찬가지다. 예전에 그 양반도 특이한 발걸음을 하기는 했지만, 최소한 뛰는 법이지 걷는 법은 아니었거든."

조성은 자신도 처음 보는 무공이라며 고개를 저어버렸다.

"아니지. 그러고 보니 그분도 특이한 이동을 하긴 했는데……."

"네? 그분이라뇨?"

겨우 숨을 고른 남궁보륜이 조성은의 말에 고개를 들어올렸다.

"아주 오래전에, 그러니까 내가 너만 했을 때 들은 것도 같고… 아니 봤던가? 아무튼 내 사부님조차 쉽게 고개를 들지 못할 정도로 기이한 분이 계셨는데, 그분의 움직임도 관치 저놈처럼 평범해 보였지."

"그러니까 어르신 말씀은 우리 소장님이 은거 고수의 전인이라도 된다, 그런 말씀입니까?"

"그건 나도 모르겠다. 하지만 누군가 그분과 인연이 이어진다면, 아마 관치 저놈이 가장 확률이 높기는 하지. 그러고 보면 너도 참 한심하다. 네 할애비가 아무런 말도 해주지 않은 것이냐?"

"네?"

남궁보륜은 그건 또 무슨 소리냐며 조성은을 바라봤다.

"됐다. 나중에 이야기하자. 다시 움직일 시간이다."

관치는 자신과 남궁보륜이 휴식을 취할 때마다 황금 전장의 노부인이 건네준 서책을 읽는 데 시간을 투자했다. 그리고 책 읽기가 끝나면 또다시 이동을 하는 것이 세 사람의 묵계였다.

남궁보륜은 다시 움직인다는 말에 하얗게 질린 표정이 되었지만, 다행히 이번 이동은 일반적인 속도로 목적지를 찾아가는 것이었기에 그나마 안도의 한숨을 내쉬었다.

"연안 지부장 곽개라고 합니다."

"소관치입니다."

관치는 서안 지부에서 받은 소개장을 곽개에게 넘겼다.

"아, 그 일 때문에 오신 분들이군요. 일단 이쪽으로 오시죠. 먼 길을 오셨는데 식사라도 하시고 설명을 들으시는 게 좋겠습니다."

며칠간 육포 외엔 음식 구경을 못했던 남궁보륜과 조성은은 식사란 말에 얼굴이 밝아졌다.

"아닙니다. 이야기부터 듣고 그다음 식사를 하죠."

"소장님."

"관치 이놈아, 밥은 먹이면서 부려먹어라!"

밥보다 일이 먼저라는 관치의 말에 두 사람은 결사반대를 외쳤다. 분명히 일 이야기를 듣고 나면 또다시 육포로 연명을 할 게 분명했기 때문이다. 기회가 왔을 때 충분히 먹어두지 못하면 관치의 성격상 정상적인 식사는 물 건너갈 게 뻔했다.

"흠, 숙부님 뜻이 그렇다면……."

두 사람이 흥분한 목소리로 밥을 이야기하자 이번엔 관치도 적당 선에서 양보를 해줘야만 했다.

"그러니까 최근 들어 상단의 실종이 계속되고 상단을 보호하기 위해 내보냈던 무사들까지 한 사람도 돌아오지 못했다, 이 말이군요."

"그렇습니다. 처음엔 마적 떼의 습격이려니 했지만, 보름

전 절정급 무인마저 실종이 되자 녕하 쪽으론 상행이 멈춘 상태입니다. 보시면 아시겠지만 연안 지부는 양과 말이 주요 품목인데 물량을 들여오지 못하다 보니 문제가 심각해지고 있습니다.

"양과 말은 다른 곳에도 많이 나는 품목이니 일단 그것으로 대체를 하면 되는 것 아닙니까?"

"아이쿠, 모르는 소리 하지 마십시오. 양은 그렇다 쳐도 말은 쉽지가 않습니다. 특히 저희가 말을 납품하는 곳은 일반 상가가 아닌 군부입니다. 이미 약속 날짜가 넘은 데다, 납품하기로 한 말 역시 군마로 쓰기 위해 특별히 관리하던 것들이라 다른 말로 대체하기가 어려운 상황입니다."

"간략히 정리하겠습니다. 상단의 실종에 대해 조사를 하고 군부에 보낼 말을 공수해오는 것이 이번 의뢰의 골자로군요."

"그렇습니다."

"좋습니다. 상행이 준비되는 대로 알려 주십시오."

"그런데……."

곽개는 달랑 세 사람이 전부냐는 듯 불안한 표정을 지었다.

"우리만으론 불안하십니까?"

"아무래도 절정 고수마저 실종된 상황인지라……."

"불안하시면 계약을 파기하시면 됩니다."

"네?"

"말 그대로입니다. 의뢰를 수행하기에 문제가 있다 생각되면 정식으로 일을 시작하기 전에 계약을 파기하는 게 맞지 않겠습니까?"

"물론 그렇긴 하지만 이번 상행마저 문제가 생긴다면 연안 지부가 파산하는 것은 물론이고, 서안 지부 역시 비용을 감당하지 못해 문을 닫을 수도 있습니다."

"그건 내가 상관할 바가 아니군요. 무한 황금 전장에서 오 집사에게 이미 밝혔듯이 세 사람이 움직입니다."

"오 집사님에게 말씀하셨다면야······."

곽개는 여전히 못 미더운 눈빛이었지만 자신의 상관이 허락한 이상 문제를 삼기도 어려웠다. 어떻게든 이 일이 안전하게 마무리되길 바랄 뿐이다.

현선이 연안에 도착한 것은 관치 일행이 이틀간 휴식을 끝내고 막 상행을 떠나려 할 쯤이었다. 또다시 행적을 놓칠까 두려워 곧바로 연안 지부로 달려간 현선은 아슬아슬하게 관치를 따라잡을 수 있었다.

"어라, 제갈 선배가······."

말에 올라 상인들의 뒤를 따르던 보륜은 땀과 먼지로 뒤범벅된 인형을 발견하고 어리둥절한 표정을 지었다. 무한이라면 모를까, 섬서 연안에서 그녀를 볼 일은 절대 없다고 생각했기 때문이다.

"허허, 고집하고는."

조성은 역시 현선을 발견했는지 혀까지 차며 고개를 저었다. 이쯤하면 떨어져 나갈 만도 했지만 무슨 사연인지 죽어라 쫓아다니는 것이다.

"관치야, 저 아이 계속 저렇게 놔둘 거냐?"

"누가 있습니까?"

관치는 자신의 눈엔 아무것도 보이지 않는다며 고개를 갸웃거렸다.

"내가 말하지 않았느냐. 싫든 좋든 여인과 인연을 맺고 나면 만만치 않다고 말이다."

"무슨 소리를 하시는지 모르겠습니다."

관치는 자다가 봉창을 두들기는 것도 아니고 웬 헛소리냐며 고개를 돌려 버렸다.

관치와 조성은의 대화를 듣고 있던 현선은 여전히 자신을 없는 사람 취급하는 관치의 태도에 입술을 깨물었다.

"아이야, 너도 이쯤에서 그만두는 게 어떻겠느냐? 도무지 말이 통하지 않는 놈이다."

"그럴 수는 없습니다. 시작과 동시에 제일흥신소 사람이 되었는데 이제 와 어찌 그만두라고 하십니까?"

현선은 도와주지는 못할망정 그만두라고 말하는 조성은의 말에 금방이라도 울음을 터트릴 것 같은 표정이 되었다.

"쩝, 나도 모르겠다. 하여간 모난 놈 옆에 있으면 정 맞는다니까."

조성은은 과거에도 그랬고 지금도 변함없는 소씨 가문의 여성 편력에 질린 표정을 짓더니, 말을 몰아 가버렸다.
 현선은 늦어지긴 했지만 자신도 의뢰를 맡은 일행이라며 연안 지부장에게 기어코 말 한 마리를 받아내 관치의 뒤를 따르기 시작했다.

◘   ◘   ◘

"그것참, 그 정도 정성이면 받아줘도 되겠구만."
 제갈선은 딸아이가 계속해서 고생만 하고 있자 마음이 불편한 듯 투덜투덜 말을 늘어놓았다.
"그러게 하지 말란 짓은 안 했어야지."
 남궁철은 제갈선이 입을 열 줄 알았다며 곧바로 말을 받아쳤다.
"흥, 네놈 손자 놈은 얼마나 잘하는지 지켜보마."
"얼마든지."
"소저, 한 가지 궁금한 게 있습니다."
 종남 검객 용문진이 소주아에게 질문을 던졌다.
"네, 말씀하세요."
"방금 이야기 속에서……."
 연준하는 조성은 쪽을 힐끔 쳐다보더니 다시 말을 이었다.
"관치가 은거 기인의 제자일 수도 있다는 말이 나왔는데."

"네, 그랬죠."

"제가 알기론 동굴 속에 갇혀 이십 년 동안 홀로 있었다 들었습니다."

"네."

"그리고 무림에 나와 활동한 기간이 얼마 안 되는데 은거기인의 제자가 될 가능성이 있는 겁니까?"

소주아는 용문진의 물음에 그것은 자신도 모르는 일이라며 고개를 저어버렸다.

"그 질문은 제가 아니라 조 숙부께 하는 게 나을 것 같군요."

용문진은 '나도 그러고 싶은데…' 하는 표정을 지었지만 선뜻 입을 열지는 못했다. 사마건이 '그게 왜 궁금한데? 네 정체를 확 씨부려 줄까?' 하는 눈빛으로 자신을 노려봤기 때문이다.

"험험, 그냥 이야기나 듣겠습니다."

용문진은 전적으로 불리한 상황에 끼어 있었기에 결국 질문을 포기하고 말았다.

'잘하면 평정문의 계보를 알아낼 수도 있을 것 같은데……'

"초 영감님, 뭔가 아는 게 있으면 말 좀 해주시죠?"

본래 이야기꾼이었던 관치가 용문진의 아쉬움이라도 달래주려는 듯 대뜸 질문을 던졌다.

"뭘 말인가?"

"은거 기인 말입니다. 뭔가 아시는 것 같던데."

"관치와 인연이 있을지도 모른다는 그 은거 기인 말인가?"

"네."

관치는 당연히 그 은거 기인이지 누구겠냐는 눈빛으로 조성은을 바라봤다.

"이것 참, 나도 아는 게 별로 없어서 양이 찰지 모르겠군. 내가 말한 은거 기인은 그러니까, 어디 보자. 지금으로부터 백 년도 훨씬 전에 활동을 하셨던 분인데, 내 기억이 맞다면 '마협'이라는 별호를 지니셨던 것으로 기억하네. 물론 나도 직접적으로 뵌 적은 없어. 그저 내 사부님이 종종 들려주시던 이야기를 통해 알고 있을 뿐이라네."

"백 년도 전에 활동하던 고수라 해도 명성을 떨쳤다면 사람들이 많이 알고 있을 것 아닙니까?"

"그런데 그렇지가 않다고 들었네. 당시 정사대전이 연이어 벌어지던 때에 잠시 등장을 했다가 다시 잠적해버렸다지."

"그래요? 이상하군요. 마협이라는 별호를 얻을 정도라면 상당히 강하고 의로운 분이셨던 것 같은데……."

"아무튼 나도 자세한 사항은 모르네. 내 사부님의 말씀대로라면 고금제일인에 가까웠던 분이라고 했으니 그러려니 하는 것이지."

조성은의 입에서 고금제일인이라는 말이 흘러나오자 사람

들의 눈빛이 묘하게 변했다. 고금제일인이란 말을 붙이는 것은 거의 전설이나 마찬가지네, 이런 뜻에 가까웠기 때문이다. 하지만 다른 사람도 아니고 현 무림 최강자 중 한 명의 입에서 흘러나온 말이었기에 진짜 그런 사람이 있는 건가 하는 정도로 생각이 바뀌었다.

"녕하 어느 지방에 있는 괴이한 문파의 발호를 막아냈다는 말도 있었고, 세상을 멸망시킬 마왕을 쫓아냈다는 등 아무튼 믿기 어려운 그런 이야기들이 많았네."

용문진은 조성은의 입에서 녕하 어느 지방 문파의 발호란 말을 듣는 순간, 벼락이라도 맞은 듯 온몸이 경직되었다.

'역시 평정문의 사람이었군. 잠깐, 백 년 전 일이라면… 어디서 읽었더라.'

용문진은 문파 내부에 기록돼 있던 《오욕의 역사 편》을 되새김질하기 시작했다.

'그래, 평정문과 악연이 시작된 것은 우성이라는 수련 제자 하나가 문의 전력 삼분지 일을 날려 버렸던 사건이라고 했지.'

용문진은 《오욕의 역사 편》을 떠올리다가 고개를 갸웃거렸다. 실제로 문파의 무림행을 막아섰던 이들이 평정문임은 틀림없지만, 이름이 기록된 것은 평정문의 수련 무사 우성 단 한 명이었던 것이다. 다른 이들의 이름은 기록이 되지 않아 정확히 누구였는지 알 수가 없었다.

하지만 방금 조성은의 말에 따르면 1백 년 전에 활동하던 사람이라고 했으니 두 번째 무림행이 무너졌을 때, 그때 나타난 자를 지칭할 것이다.

'마협이라는 별호라. 일단 별호를 알았으니 그가 누군지 알아내는 것 역시 문제가 될 게 없다.'

용문진이 이런저런 고민을 하는 사이 조성은의 은거 기인 이야기는 절정을 달리고 있었다.

"거기다 이건 나도 직접 겪었던 일인데… 상태가 좋지 않아 별로 기억이 정확하진 않지만 사십 년 전 남궁세가를 필두로 역적모의를 한 적이 있었네……."

조성은은 이야기를 하다 말고 남궁철 쪽을 한 차례 바라봤다.

"험험, 꼭 그런 부분까지 이야기를 해야 하는 겁니까."

남궁철은 불만 가득한 얼굴로 조성은을 바라봤다.

"뭐, 어차피 알 만한 사람은 다 아는 이야기인데 새삼스럽게. 아무튼 그때 당시 마협 어르신이 과거 물리쳤던 마왕이 다시 한 번 나타났다는 거야."

"오, 그래서요?"

"얼마나 준비를 철저히 했는지 그 마왕 녀석이 이번엔 절대로 자신을 죽이지 못하도록 그 어르신의 제자 몸을 빼앗은 것이지."

"이런! 악독한 마왕 같으니라고."

"그래서 어떻게 되었습니까?"

"어르신이라고 별수 있나. 아무리 하늘을 무너트릴 무위를 가지고 있다 해도 자식 같은 제자를 죽일 수는 없었지. 그래서 선택한 방법이……."

"방법이?"

"스스로 선계에 드시는 걸 포기하고, 그 마왕과 함께 연옥으로 떠나신 거지."

한참 어린 손자들이 옛날이야기 듣듯 집중하고 있던 표국 사람들과 일행들은 김빠진 표정을 지었다. 이야기를 덧붙여도 정도가 있어야지. 이건 완전히 신선 요괴 이야기나 다름없었기 때문이다. 그것도 겨우 1백 년 전 이야기인데 말이다.

"그건 좀 심했다. 사람이 어떻게 연옥에 들고 선계를 가고 그래요. 아무래도 어르신 사부님께서 재미있으라고 지은 이야기가 아닌가 싶습니다."

"어허, 이 사람들이. 마지막 이야기는 바로 사십 년 전 일이라니까."

"그래서 하는 말 아닙니까? 몇백 년 전 이야기라 해도 믿을까 말까인데 바로 사십 년 전에 선계가 어쩌고 연옥이 어쩌고, 거기다 마왕 강림이라니. 허무맹랑한 정도가 너무 심한 것 아닙니까?"

표사들은 그런 허황된 이야기 말고 좀 현실적인 이야기를 해달라며 투덜거렸다.

"이런, 빌어먹을! 내가 직접 겪은 이야기라니까!"

조성은은 사람들이 자신의 말을 믿어주지 않자 억울하다는 듯 가슴을 쾅쾅 내리쳤다.

"됐습니다. 영감님 이야기는 애초부터 듣는 게 아니었는데. 소 소저, 본래 이야기나 다시 해주십시오. 그래서 상행은 잘 끝났습니까?"

"호호호, 조 숙부님이 이야기를 믿어주지 않아 살짝 흥분하신 것 같지만 제가 듣기에도 좀 무리가 있어 보이네요. 그럼 다시 시작해볼까요?"

사람들은 '역시 그렇지?' 하며 껄껄 웃음을 보이더니 다시 소주아에게 귀를 기울였다. 단 한 사람만 충격을 먹은 얼굴로 넋 나간 표정을 짓고 있을 뿐이었다.

'그, 그럴 리가! 평정문의 힘이 연옥과 선계에까지 미쳤단 말인가?'

문에서도 최근에서야 인세의 것이 아닌 더 높은 차원의 공능을 끌어내는 데 일부 성공을 했을 뿐인데 평정문은 이미 1백 년 전에 그런 공능을 알고 사용해왔다면, 이번 무림행도 여전히 무리가 따르고 있다고 봐야 했다.

'하지만 죽었다잖아. 연옥으로 가버렸다잖아……. 그나마 다행이라고 해야 하나.'

용문진은 다들 황당하다고 하는 조성은의 말이 모두 사실임을 인정하는 유일한 사람이었다. 용문진은 관치의 이야기 속 사건들과 문에 기록된 역사를 비교하고 정리해가기 시작했다.

'젠장, 용문의 후계자인 나 용문진이 목이나 움츠리고 이야기나 훔쳐 들어야 하다니.'

용문진은 틈틈이 자신을 노려보며 미소를 보이는 사마건 때문에 기회가 생겨도 움직일 엄두도 못 내는 상황이었다. 솔직히 사마건의 공격은 어찌 피해본다고 하지만, 조성은까지 나서서 협공을 하는 날엔 꽁꽁 감춰두었던 밑천까지 다 꺼내야 할지도 몰랐다.

아직은 사형들의 성취가 어느 정도인지 모르는 상황에 손해 보는 짓은 죽어도 하고 싶지 않은 용문진이었다.

제11장. 어부지리(漁父之利)

어부지리(漁父之利)

―쌍방이 다투는 사이에 제삼자가 힘들이지 않고 이득을 챙긴다는 말

 관치 일행의 상행은 산책이라도 나온 듯 편안한 시간이 계속되었다. 회족들이 자리를 잡고 살아가는 곳까지 왕복으로도 20일 가까이 걸리는 상행이었다.
 "오랜만에 오는군."
 말 위에서 주변 풍광을 구경하던 조성은이 추억이라도 잠긴 듯 입을 열었다.
 "이곳에 오신 적이 있으십니까?"
 하루도 빠짐없이 구타 아닌 구타를 당하며 조성은 근처를 벗어나지 못했기에 종종 그가 중얼거리는 소리도 다 듣게 된 남궁보륜이었다.
 "한 삼십 년 정도는 된 것 같군."

"삼십 년 전이면 제가 태어나기도 전이군요."

"다들 잘 지내고 있으려나."

"다들이라 하심은……."

"사십 년 전쯤 이곳에 중원 사람들이 이전을 해온 적이 있었다."

"이전을요?"

남궁보륜은 회족이 아니라 중원 사람이 이전을 해왔다는 말에 '혹시 범죄자들이었습니까?' 하고 물었다.

"그런 사람들도 있었고 아닌 사람들도 있었지."

"그런데 회족들이 순순히 땅을 내주었을 리가 없는데……. 거기다 요즘엔 활동이 뜸하지만 한때는 마교의 본거지 아니었습니까."

"예전이 아니라 지금도 그들의 본거지지. 그리고 경고하는데 다시는 마교란 말을 입에 담지 마라."

"네? 마교를 마교라 하지 그럼 뭐라고 합니까?"

남궁보륜은 떨떠름한 표정으로 조성은을 바라봤다.

"쯧쯧쯧, 남궁세가에 가서 역적들이라고 외치는 자가 있다면 어떻게 할 것이냐?"

"감히 그런 자가 있다면!"

"이들도 마찬가지다. 중원에서는 이들이 살아가는 방식을 인정하지 않아 마교라 부르고 있지만, 사실 이곳도 사람이 사는 곳이다."

"하지만 마교도들은 어린아이를 제물로 바치고 산 사람의 피를……."

남궁보륜은 인간이 아닌 자들을 어찌 대우할 수 있냐며 오히려 반대 의견을 냈다.

"한심하구나. 도대체 무슨 생각으로 애들을 가르치는 건지. 이놈아! 중원 무림보다 피 보기가 어렵고 굶주린 어린아이들이 팔려 다니지 않는 곳이 명교의 세력권이다. 도대체 어디서 무슨 소리를 주워들었기에 그따위 소리를 하고 다니는 것이냐?"

"그럴 리가 없습니다. 분명히 아버님이 그리 말씀해주셨습니다. 대남궁가의 소가주가 아들에게 거짓을 가르칠 리는 없지 않습니까!"

남궁보륜은 자신의 처지도 망각한 채 조성은에게 언성을 높였다.

"휴, 늙어서 무슨 득을 보겠다고. 알았으니 내가 시키는 대로 하거라. 괜히 분란을 만들었다간 네놈을 산 채로 꽁꽁 묶어 그들에게 던져 버릴 테다."

"어찌 화산파의 어르신께서 그런 말씀을 하신단 말입니까?"

남궁보륜은 도저히 용납할 수 없다는 듯 조성은을 노려봤다.

두 사람의 대화를 조용히 듣고 있던 관치는 점점 언성이 높아지자 말 머리를 돌려 그들에게 다가갔다.

"조 숙부님."

"왜 그러느냐?"

"조용히 시키시려면 아혈을 제압해버리시고, 말귀를 못 알아먹으면 직접 겪게 만들면 그만입니다. 조만간 경계 지역에 들어가야 하니 그 전에 정리하시기 바랍니다."

"큼, 벌써 그리되었느냐? 알았다."

조성은의 대답에 보륜을 한 차례 바라보던 관치는 다시 저만큼 앞으로 이동해버렸다.

◈　　◈　　◈

음식과 차를 주력으로 하는 객점과 달리 객잔은 숙박이 가능한 형태의 사업이다. 오가는 길손들이 잠시 머무르는 객점은 같은 지역 사람이 아니고서는 딱히 아는 사람을 만나는 경우가 드물었다. 바로 손님이 머무르는 시간이 길지 않기 때문이다.

그러나 객잔에 자리를 잡는 경우엔 같은 지역에 살지 않음에도 우연히 아는 얼굴과 마주칠 기회가 적지 않았는데, 규모가 작은 지역에 운영된 객잔은 특히나 그런 경우가 많았다. 거기다 죽산은 무당으로 가는 길목에 자리를 잡은 데다 거리도 하루 정도 떨어진 곳이라 무림인들이 쉬어가는 경우가 많았다.

 물론 용선 표국 사람들이 객점이 아닌 객잔에 자리를 잡은 이유가 숙식을 해결하기 위한 것은 아니었다. 단지 아침 일찍 손님을 맞이할 경우가 드문 객점은 아직 문을 열지 않았기 때문에 객잔에 자리를 잡은 것뿐이었다.

 그러나 방금 설명을 한 것처럼 거대 문파가 자리 잡은 지역의 객잔은 지리적 특수성 때문에 사건 사고가 많았는데, 특히나 지금처럼 무림인들의 이동이 잦은 기간엔 평소보다 문제가 많이 발생할 수밖에 없었다.

 "아침부터 소란을 피운 자들이 너희냐?"

 용선 표국 사람들과 소주아의 이야기를 듣고 있던 동행의 시선이 목소리 쪽으로 이동했다. 다시 이야기를 시작한 지 얼마 되지도 않아 또다시 방해를 받자 다들 짜증 섞인 표정이었다.

 "호, 무례를 저지른 자들이 오히려 성을 낸다?"

 모습을 드러낸 자는 서른 후반 정도의 사내였는데 뒤쪽에 호위로 보이는 자들이 따르고 있었다.

 용문진 역시 '정말 집중 안 되는구나.' 하는 눈빛으로 고개를 돌렸다가 목소리의 주인을 발견한 순간 눈 끝이 잘게 흔들렸다.

 '둘째 사형이 어떻게……'

 용문진은 뭔가 재미난 걸 발견했다는 듯 객잔 안을 둘러보는 호태얼의 모습에 '왜 이곳에?' 하는 표정을 지었다. 지금쯤 관치를 찾기 위해 자신과 반대편 경로를 확인하고 있어야 할 둘째 사형이 죽산 객잔에 자리를 잡은 것이다.

'설마 관치 그자를 찾아낸 것인가?'

사형제들 중에서도 가장 집요한 성격을 지니고 있던 호태얼이었기에 관치를 찾아내지 못했다면 이곳에서 시간을 보내고 있을 리 없다 생각한 것이다.

용문진은 호태얼에게 모습을 들키지 않고자 슬며시 등을 돌렸다. 괜히 마주쳐 봐야 골치만 아플 게 분명했다.

"성을 내다니, 당치도 않소. 불편했다면 사과하리다."

진하석이 정중히 포권을 보이며 양해를 구했다.

"사과? 이곳 사람들은 사과를 그런 식으로 하나?"

호태얼은 어림도 없다는 듯 진하석을 바라봤다.

"무슨 말씀인지……."

"사내라면 팔 하나씩은 내놔야 진심 어린 사과가 되지 않겠냐, 이거지."

"말씀이 지나치시오."

진하석은 대뜸 병신이 되라는 상대의 말에 표정이 굳어졌다. 물론 평소 이런 일이 생겼다면 지금처럼 대담하게 나서지는 않았을 것이다. 어느 정도 믿는 구석이 있다 보니 감당하기 어려워 보이는 자임에도 스스럼없이 나선 것이다.

"하하하하, 감히 나 호태얼 앞에서 실수를 인정하고도 허리를 펴는 자가 있다니. 좋아, 그만한 실력이 되는지 한번 지켜보겠다."

용문진은 진하석은 물론 일행 전체를 내려다보며 시비를 거는 호태얼의 모습에 전음을 날려야 하나 고민했다. 관치와의 내기 속엔 자신을 찾기 위해 누군가를 공격하거나 죽여선 안 된다는 조항이 붙어 있었기 때문이다.

'하지만 관치 그자를 찾아낸 상태라면……'

용문진은 이미 관치가 문의 시야에 잡힌 것이 아닌가 생각했다가 고개를 저어버렸다. 만약 관치 그자를 찾아냈다면 거만함에 극의를 깨우친 호태얼이 객잔에서 뒹굴고 있을 리 없었다. 당장에라도 무당에 올라가 도관을 불태우고 도사들을 죽여 버렸을 것이다. 관치와의 내기에 가장 많이 반대를 한 것도 호태얼이었기 때문이다. 문의 힘을 동원하면 중원 무림 따위는 순식간에 쓸어버릴 수 있다고 생각하는 사람이 바로 그였던 것이다.

'만에 하나 인명이라도 다치게 되면 차후 무당에 올라 문제가 될 수도 있다.'

용문진은 괜한 시비 때문에 차후 문에 불리한 일이 생길까 걱정돼 호태얼을 말려야 한다 생각했다가 금세 다시 생각을 바꿨다.

'아니지. 어차피 셋 중 하나가 문을 지배할 것이다. 오히려 사고를 치고 싶다면 치라고 하는 게 좋을지도 모르겠군. 경

쟁자는 하나라도 줄이는 게 좋을 테니 말이야. 거기다 괴물 영감과 괴물 살수라면 호 사형의 경지를 확인해볼 수도 있겠고.'

용문진은 자신에게 불리할 게 없다는 생각이 들자 누가 다치건 상관없다는 표정이 돼버렸다. 어차피 호태얼이나 관치나 결국엔 모두 적이 아닌가 말이다.

"천장(千將)."

"천장 남석규 대령했습니다."

"저자가 무릎 꿇는 모습이 보고 싶다."

"존명!"

진하석은 앞뒤 구분도 없이 무릎을 꿇리라는 사내의 말에 황당한 표정을 지었다. 그러나 자신을 향해 걸어오는 남석규란 자의 기세가 감히 상대할 수 없음을 느끼게 되자 주춤주춤 물러날 수밖에 없었다.

"아침부터 소란을 피운 점은 분명히 미안하게 생각합니다. 그러나 그것을 빌미로 상대를 괴롭히는 것은 장부가 할 짓이 아닌 것 같군요."

진하석을 보호하기 위해 나선 사람은 예상 밖에도 손소민이었다.

"손 소저……."

진하석은 걱정스런 눈빛으로 손소민을 바라봤다.

"호."

호태얼은 도자기라도 감상하는 것처럼 손소민을 바라보다가 짧게 감탄사를 내비쳤다.
 "그리고 보니… 무당으로 가는 자들인 것 같군."
 호태얼은 손소민을 비롯해 함께 있는 자들을 쭉 둘러보더니 대충 알겠다는 표정을 지었다. 그렇다면 함부로 손을 댈 수는 없는 일이었다.
 "천장, 잠시 뒤로 물러나거라."
 "존명!"
 금방이라도 진하석을 찍어 누를 듯 기운을 끌어올리던 남석규는 호태얼의 명령에 망설임 없이 다시 물러섰다.
 "어디 보자. 여기도 관치란 놈이 있는 건가? 들리는 소식에 의하면 무당으로 오는 길엔 모조리 관치가 끼어 있다고 하던데 말이야."
 호태얼의 말에 사람들의 시선이 관치 쪽으로 움직였다.
 "저, 저는 그저 이야기꾼일 뿐입니다."
 관치는 '그렇다고 나를 쳐다보면 어떻게 합니까!' 하는 시선으로 일행을 째려봤다.
 "역시 이번에도 이야기꾼인가? 관치란 자, 재미있는 인간이야. 감히 세 치 혀로 정복문의 발길을 묶어두다니."
 사람들은 호태얼의 입에서 정복문이라는 이름이 흘러나오자 어리둥절한 표정이 되었다. 문파 이름치곤 너무 광대한 데다 그런 이름의 문파는 처음 들었기 때문이다.

어부지리(漁父之利) • 293

"뭐야? 다들 모르는 건가? 후후후, 이거 일이 재미있게 돌아가는군. 관치 그자는 목숨이 달린 일에 상황도 알려 주지 않고 무작정 사람들을 올려 보냈단 말인데……."

사람들은 호태얼의 말에 더욱 의문 섞인 눈빛이 됐다.

"웃기는군. 아주 웃겨. 그래서 그런 조항을 덧붙였던 것이군."

"무슨 말씀인지 설명을 해주실 수 있습니까?"

임표표는 자신들을 바보 취급하는 호태얼의 태도에 기분이 상한 상태였다.

"설명이라. 그래, 설명을 해주지. 어차피 무당에 오르면 모두가 알게 될 텐데 뭐 어려운 일이라고."

호태얼은 부하들이 마련한 자리에 엉덩이를 붙이더니 느긋한 표정으로 차를 따라 마셨다.

"어디서부터 해야 하나. 그래. 내 사제 중에 잔머리 굴리기 좋아하는 놈이 있는데 말이야, 그놈이 황당한 내용을 가지고 왔더란 말이지."

"황당한지 아닌지는 들어보고 결정하죠."

임표표는 딱 부러지는 말투로 호태얼을 바라봤다.

"어디 출신이신가? 삼류 허접은 아닌 것 같고……. 아미인가?"

"감히!"

"아이야, 내가 이야기를 하는 게 좋겠구나."

임표표는 자신을 막아서며 고개를 젓는 조성은의 모습에 입술을 몇 차례 깨물고서야 한 걸음 물러섰다.

"크크큭, 늙은이는 누군데 내 즐거움을 막는 것이냐?"

"어찌 시작된 일인지는 모르겠지만 함부로 살생을 할 수 없다는 조항이 붙은 것 같군."

"호, 이런 게 늙은 생강이란 건가? 눈치가 백 단이군."

"하지만 방어적 측면에선 그 조항도 별다른 효력이 없어 보이는군. 그렇지 않나?"

"딱히 아니라고는 못하겠군. 관치 그자 쪽에서 선공을 해 온다면 피할 이유가 없으니 말이야."

조성은은 호태얼의 말에 고개를 끄덕이더니 다시 입을 열었다.

"뉘 집 자식인지는 모르겠지만 예의는 똥구녁에 박고 나온 모양이구나. 어린놈이 입을 열 때마다 구린내가 진동을 해."

"풋."

조성은의 말에 소주아의 입에서 짧은 웃음소리가 흘러나왔다.

호태얼의 얼굴이 실룩거렸다.

"늙은이, 단서 조항을 지키고자 노력은 하고 있지만… 딱히 최선을 다할 생각은 없다."

"그렇군. 그렇다면 내가 조심을 하지."

호태얼은 다시 한 번 반격을 해올 줄 알았던 조성은이 담담한 표정으로 고개를 끄덕이자 다시 얼굴이 실룩거렸다.
 용문진은 호태얼의 표정을 훔쳐보며 내심 박장대소를 터트렸다.
 '아무리 떠들어봐도 그 늙은이에겐 안 될 것이다. 크크크크.'
 호태얼의 수치가 자신에겐 영광이라도 되는 것처럼 용문진의 표정은 더없이 밝아졌다.
 "아미의 아이가 궁금해하지 않더냐. 도대체 무당으로 가는 길이 왜 이리 복잡해진 것이냐?"
 조성은 이야기꾼들은 물론이고 다른 곳에도 관치가 있다는 말에 어찌 된 상황인지 내력이나 밝혀 보라고 했다.
 "내가 왜 그걸 이야기해야 하지? 그렇게 궁금하다면 관치 그자에게 물어보면 될 것을."
 "클클클, 스스로 말해놓고도 엉뚱한 소리를 하는군. 여기에도 관치는 없다고 하지 않았나. 그리고 관치가 여기에 있다면 굳이 자네와 말을 섞으며 피곤해질 이유가 없었겠지."
 "정말 모르는 건가, 아니면 모른 척하는 건가?"
 호태얼은 당신 정도라면 뭔가 아는 게 있을 것 아니냐며 조성은을 바라봤다.
 "나 같은 늙은이가 뭘 알겠나. 딱 보면 알겠지만 나는 쟁자수로 먹고사는 사람일세."
 호태얼은 조성은 스스로 쟁자수라고 떠들어대자 웃기지

말라는 듯 콧방귀를 뀌었다.

"액면만 본다면야 믿어줄 수도 있겠지. 하지만 당신 뒤쪽에 거드름을 피우고 있는 인간들은 쟁자수 따위에게 자리를 내줄 위인들은 아닌 듯 보이는데. 내 말이 틀렸나?"

호태얼은 남궁철과 제갈선을 보며 피식 웃어버렸다.

"피차간에 할 이야기라곤 한 가지밖에 없을 것 같으니 딴소리는 그만 하게. 이야기할 것인가, 말 것인가?"

조성은의 질문에 호태얼의 어깨가 으쓱거렸다.

"별로 하고 싶지 않군."

"그래요, 당신은 말할 필요가 없어요."

호태얼은 면사로 얼굴을 가린 소주아의 음성에 고개를 까닥거렸다.

"너는 또 뭐지?"

"계속 그런 식으로 말해보세요. 내가 누군지 백 년 정도 지나면 알려 주도록 하죠."

"크크큭, 여기 모인 계집들은 모두 기가 세군. 좋아, 백 년 뒤에는 꼭 알려 주도록 해. 물론 그때까지 살아 있다면 말이지."

호태얼은 건들거리는 태도완 달리 의외로 상대의 말에 휘말리는 법이 없었다.

조성은은 물론이고 평소 말 좀 한다는 사람들은 호태얼이라는 자가 만만치 않음을 인정해야만 했다.

잠시 대화가 끊어진 사이 슬며시 입을 여는 사람이 있었으니, 본래 이야기를 끌어왔던 이야기꾼 관치였다.

"저 소저가 누구인지, 왜 이런 일이 시작되었는지, 또 정복문이 무엇인지 모두 알고 있습니다. 누가 먼저 물어보시겠습니까? 아, 관치 그 친구가 어디에 있는지는 알려 드릴 수 없습니다."

느닷없는 관치의 발언에 일행과 호태얼은 물론이고, 고개를 돌리고 있던 용문진까지 눈빛을 반짝거렸다.

"그게 사실이냐?"

호태얼은 의구심 가득한 눈빛으로 관치를 바라봤다.

"물론입니다. 저는 생각보다 아는 게 많습니다. 질문만 정확하다면 답하지 못할 이유도 없습니다."

관치의 대답에 호태얼이 다시 입을 열었다.

"좋다. 그럼 이야기해봐라. 저 계집은 누구냐?"

호태얼은 소주아를 가리키며 이름을 물었다.

"은자 다섯 냥짜리입니다."

"……?"

"……!"

사람들은 관치의 대답에 한동안 '무슨 소리지?' 하는 표정을 지었다.

"지불 완료 시 곧바로 답해드리겠습니다."

"지… 금 나에게… 대가를 받고 이야기를 하겠단 뜻이냐?"

"듣자 하니 무당에 오를 때까지 피를 볼 일은 없는 것 같고, 그렇다면 굳이 이곳을 떠날 이유도 없는 것 아니겠습니까? 아니, 오히려 지금 이곳이 가장 안전한 곳이라 할 수 있겠군요. 그런데 어차피 제가 맡은 부분은 모두 이야기가 끝난 상태고……. 그렇다면 이왕 이렇게 된 것 남는 시간에 한 몫 챙기는 것도 나쁘지 않을 것 같은데 말입니다."

표국 사람들은 물론이고 남궁철과 제갈선, 그리고 다른 모든 사람들까지 관치의 당당한 '돈' 욕심에 잠시 할 말을 잃어버렸다.

"허허허, 내가 오늘 헛것이 많이 보이는 게 속이 허해진 건가?"

호태얼은 기가 막힌다는 듯 관치를 노려봤다.

"그렇게 노려보신다 해도 할 수 있는 일은 없지 않겠습니까? 정당한 대가를 요구하는 것뿐인데 왜들 그리 토끼 눈을 뜨는지 모르겠습니다."

"틀린 말은 아니네만… 자네 정말 괜찮은 건가?"

조성은 역시 관치의 행동이 걱정되었는지 다시 한 번 되물었다.

"그럼요. 저 멀쩡합니다. 개방도 그렇고 하오문도 그렇지 않습니까? 분란과 분란 사이에 적당히 해 처먹기. 저라고 못할 게 뭡니까."

관치가 대가만 맞는다면 뭐든지 말해주겠다 말하자, 처음

어부지리(漁父之利)•299

엔 당혹스런 표정을 짓던 이들이 점차 그동안의 궁금증을 풀 기회가 될 수도 있겠다며 긍정적인 반응을 보이기 시작했다. 물론 몇몇 사람들은 괜히 엉뚱한 소리를 듣고 나중에 낭패를 당하는 건 아닌지 모르겠다며 불안한 표정을 짓는 사람도 있었지만, 자신들도 모르게 관치가 꾸민, 목적을 알 수 없는 어떤 일에 휘말렸다는 생각에 분한 얼굴로 툭툭거리는 사람이 더 많았다.

투두둑.

관치 탁자 앞에 은자 5개가 떨어져 내렸다. 자신을 농락했다며 당장이라도 손을 쓸 것 같던 호태얼도 생각이 바뀌었는지 돈을 내놓은 것이다.

"저 소저의 이름은 소주아입니다."

"신분은?"

은자 5냥이 등장하는 순간 곧바로 관치의 입이 열리자 호태얼은 다시 질문을 던졌다.

"은자 열 냥입니다."

"……."

"이름이 무엇이냐고 물었던 것으로 기억합니다만."

으드득!

관치의 담담한 어투에 호태얼의 아래턱이 기민하게 흔들렸다. 그에 어금니 몇 개가 마찰을 일으켰는지 요란한 소리가 흘러나왔다.

투두두둑.

"당신이 찾고 있는 사람, 소관치의 친동생입니다."

그나마 이번 대답엔 예상외의 소득이었다는 듯 호태얼의 표정이 본래대로 돌아왔다.

그러나 다른 사람들의 표정은 '우리가 다 아는 이야기로 은자 열다섯 냥을 삼킨 거야?' 하는 표정으로 서로를 바라봤다. 어이없기도 하고 황당하기도 했지만 관치 입장에선 확실히 약속을 지켰고 호태얼은 궁금한 것을 풀었으니, 삼자가 나서 공정성을 따지기도 어중간한 거래가 돼버렸다.

면사로 얼굴을 가린 여인의 이름이 소아주이고 그녀가 관치의 동생이라는 말에 호태얼이 잠시 생각에 잠기자, 관치가 본격적으로 영업에 들어갔다.

"오랫동안 떠들고 싶지는 않습니다. 궁금하신 분들은 망설이지 말고 질문을 던지십시오."

이번엔 조성은이 나섰다.

"제갈현선에게 전음을 날린 사람이 누군지 알고 있는가?"

"은자 한 냥입니다."

"으응?"

사람들은 조성은의 질문이 최소 은자 10냥은 되겠다 싶었는데 예상 밖으로 저렴한 가격이 책정되자, 도대체 뭘 근거로 가격을 매기는지 감을 잡을 수 없었다.

툭.

"여기 있네."

"알고 있습니다. 다음."

"뭐, 뭐시라?"

조성은은 관치의 단출한 대답에 크게 얻어맞은 듯 말까지 더듬거렸다.

"아냐고 물어서 안다고 했을 뿐입니다. 제 대답이 이상합니까?"

"……."

당장 반박을 하려던 조성은은 논리적으로 틀린 말은 아니었기에 결국 입을 다물어야만 했다. 지금 상황에선 '내 말은 그게 아니라…' 라고 해봤자. '그렇다면 질문을 정확히…' 라고 답할 게 분명했기 때문이다.

"그 사람의 이름을 알고 싶네."

"은자 오십 냥과 은자 백 냥입니다."

"그건 또 무슨 소린가?"

"혼자서 듣는다면 은자 백 냥. 모두 함께 들어도 무관하다면 오십 냥입니다."

사람들은 보통 모두 들을 때 더 비싸야 정상 아닌가 싶다가도, 기민한 정보일수록 혼자만 아는 게 유리할 수도 있다는 생각에 관치의 가격 책정에 문제를 제기할 수 없었다.

"비싸군."

"싫으면 그만입니다."

"자네, 이야기꾼 아니었나?"

"그건 객잔에 도착함과 동시에 그만둔 것으로 기억합니다만."

"끙, 그럼 지금은 정보상인이라도 된다는 말인가?"

"그럼 아닙니까? 물론 시간이 지나고 더 이상 아는 게 없으면 그것도 폐업 처리하겠습니다."

조성은은 품 안에 손을 집어넣더니 한동안 고민스런 표정을 지었다. 가진 은자를 모조리 털어내도 70냥이 넘지 못했기 때문이다. 물론 함께 듣고자 한다면 충분한 금액이었지만 혼자서 듣기엔 턱없이 부족한 금액이었다.

"절충안은 없는가?"

"얼마가 되었든 부족하면 불가입니다."

조성은은 결국 사마건에게 손을 내밀었다.

"돈 좀 빌려 줘."

"저도 궁금한 게 많은 사람입니다. 얼마짜리 질문이 될지 모르는데 무작정 빌려 줄 수는 없죠."

"몇 부?"

"선이자 이 할. 완불 시 원금의 삼 할."

"이런 도둑놈이!"

"선배가 가르쳐 놓고 도둑놈 같은 소리 하지 맙시다."

전직 살수 사마건은 '싫음 말고.' 하는 표정으로 고개를 돌려 버렸다.

시작은 관치였지만 묘하게 객잔 안 분위기가 '돈돈돈' 외치는 사람이 하나 둘 늘어나기 시작했다. 그리고 여기저기 궁금증을 풀기 위해 급한 융통을 시도하던 자들은 사마건의 황당한 대출 조건에 표정이 급격히 굳어버렸다.

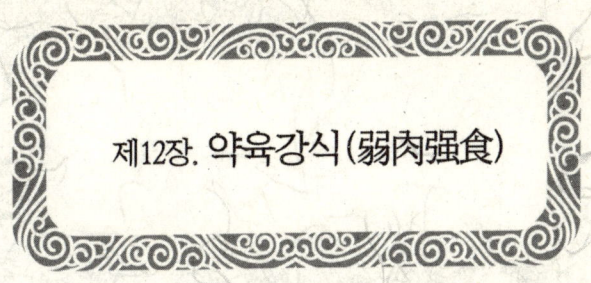

제12장. 약육강식(弱肉强食)

약육강식(弱肉强食)
-약한 자가 강한 자에게 먹힘

"여기 있네……."

본래 돈 보기를 생명같이 여기는 조성은의 성격상 관치 앞에 내려놓은 은자 1백 냥은 한동안 그의 마음을 가차 없이 할퀴어놓은 기억이 될 듯싶었다.

"…입니다."

"뭐, 뭐야!"

조성은은 자신이 그토록 궁금했던 내용을 알게 된 순간 미치고 팔짝 뛰겠단 표정으로 벌떡 몸을 일으켰다.

"왜 그러십니까? 설마 예상을 못하셨던 겁니까?"

"세상에 그걸 누가 예상한단 말인가! 이런, 빌어먹을! 내 돈!"

조성은은 억울해 미치겠다는 듯 가슴을 팡팡 내리치며 연방 '돈'을 외쳐 댔다.
"그것참."
 관치는 어깨를 으쓱거리더니 자신은 모르겠다는 듯 다시 사람들을 바라봤다.
"또 궁금하신 분."
 조성은의 격한 반응에 '무슨 답을 들었기에…' 하는 표정을 짓고 있던 사람들은 관치에게 흘러나올 대답들이 생각보다 강력한 내용이 담겨 있다는 것을 믿지 않을 수 없었다.
"내가 다시 묻겠다."
 질문을 실수하지 않기 위해 생각을 정리하던 호태얼이 다시 입을 열었다.
"그렇게 하십시오."
"관치 그자의 사문이 어딘가, 라고 물어보면 액수가 비쌀 것이니 저렴한 방법으로 물어보지."
"그러십시오. 예, 아니요로만 대답을 하는 거라면 은자 한 냥에 모시겠습니다."
 관치의 대답에 흡족한 표정을 지은 호태얼이 금액을 지불하고 정식으로 질문을 던졌다.
"그의 사문이 평정문인가?"
"네. 또 다른 질문 있으십니까?"
 툭.

"그는 정복문과 평정문의 관계를 알고 있는가?"
"네."
툭.
"우리가 관치 그자를 찾을 수 있는가?"
"아니요."
툭.
"내가 저 늙은이와 겨룬다면 필승인가?"
"……"

갑자기 관치와 무관한 호태얼의 질문에 관치의 입이 딱 달라붙었다. 관치는 잠시 고민하는가 싶더니 조성은과 호태얼을 번갈아가며 바라보았다.

"은자 백 냥짜리 질문입니다. 지불하시겠습니까?"
"은자 오백 냥짜리 전표다."
"환전 가능합니다."

사람들은 환전도 가능하다는 관치의 말에 '뭐 이런 자식이 다 있나?' 하는 표정이 되고 말았다.

"답해보라."

관치는 전표를 챙겨 넣더니 방금 벌어들인 은자와 1백 냥짜리 전표 세 장을 호태얼에게 돌려줬다.

"일단 그 질문에 대답을 하려면 두 사람의 전력이 어느 정도인지 알 필요가 있습니다. 제 예상이 맞는다면 당신은 정복문 삼대 가문 중 하나인 호가(虎家)의 사람이며, 세 명의 후계자 중 한 명인 호태얼이라 생각합니다."

"제법이군. 정말 생각보다 많은 걸 알고 있어."

호태얼은 의미심장한 눈빛으로 관치를 훑어보았다.

"저분의 이름은 조성은입니다. 화산파 전대 장문인이시고 제일흥신소 일 대 직원이기도 하죠."

"제일흥신소? 그게 뭐지?"

"추가 질문입니까?"

"……"

"아니면 그냥 넘어가겠습니다."

"……"

"좋습니다. 계속 이야기하도록 하죠. 일단 이야기 속 정보를 통해 보면 정복문 삼대 가문 중 하나인 용가의 사람, 용문진의 무력을 기본으로 잡을 때, 사형인 호태얼은 조금이나마 상위 무력을 지니고 있을 가능성이 있습니다. 그렇다면 조 어르신과 용문진이 대결을 펼친다 가정해보겠습니다."

등을 돌린 채 이야기를 듣고 있던 용문진은 자신과 조성은의 무력을 비교하는 내용이 흘러나오자 귀가 팔랑거릴 정도로 집중을 했다.

"조 어르신 승률이 칠 할 정도 될 겁니다."

호태얼은 용문진과 조성은이 맞붙었을 때 약 한 수 정도 앞선다는 말에 '저 영감이 그 정도로 강한가?' 하는 표정을 지었다.

"당신과 조 어르신의 대결은 자신과 용문진을 비교해 예상하면 될 것입니다."

"나쁘지 않군."

호태얼은 조성은과 겨뤄볼 만하다 생각했는지 고개를 끄덕거렸다.

"더 질문이 있으십니까?"

"제일흥신소가 무엇인가?"

"객관식이 아니군요. 은자 열 냥입니다."

투둑.

"잡다한 일을 대신 해결해주는 뒷골목 해결사 사무소입니다."

"화산파 장문인 경력을 지닌 자가 겨우 해결사였다고?"

호태얼은 어이없는 표정으로 조성은을 바라봤다.

"당시엔 약관의 나이였다고 알고 있습니다. 아, 이 대답은 고객 보답 차원에서 한 말이니 무료입니다."

"나도 하나 물어보지."

아니나 다를까 조성은과 호태얼의 질문이 대충 마무리되자 곧바로 입을 연 사람은 임표표였다.

"여전히 같은 질문입니까?"

"그렇다."

호태얼의 등장과 함께 화가 났던 부분이 여전히 남아 있는지 임표표의 어투는 사뭇 거칠었다.

"은자 천 냥입니다."

"……."

"없으면 포기하십시오."

"말을 못해주겠단 뜻인가?"

"그럴 리가요. 그 정도 값어치는 있다는 뜻이죠."

관치는 자신을 잡아먹을 듯 노려보는 임표표와 시선을 딱 맞추고 '어림없습니다.'란 표정을 지었다.

"돈을 내지 않고 알 수 있는 방법은 없는 건가?"

"인내입니다. 말했다시피 무당산에 오르기 전엔 분명히 알 수 있을 겁니다."

"휴……."

임표표는 당장이라도 결과를 알고 싶어 했지만, 관치가 원하는 금액은 도저히 감당할 수 있는 비용이 아니었기에 결국 인내를 선택하는 분위기였다.

"왜 용문진이 진다고 했는지 그것이 궁금하다."

등까지 돌리고 호태얼의 시선을 피하고 있던 용문진은 조성은에게 자신이 밀릴 것이란 관치의 말에 결국 입을 열고 말았다.

"아, 종남 검객이시군요. 비용이 필요한데 정말 들으실 겁니까?"

"얼마면 되겠나?"

"혼자 들으면 천 냥. 모두 함께 들으면 은자 오백 냥에 모시겠습니다."

 적지 않은 금액을 부를 것이라 생각했지만, 자신이 예상했던 것보다 터무니없는 가격이 흘러나오자 용문진의 얼굴이 와락 구겨졌다. 거기다 비릿한 미소로 자신을 바라보는 호태얼의 모습에 더욱 난감한 얼굴이 되고 말았다.

"네가 이들과 함께 있다니, 그새 배신이라도 한 것이냐?"

 호태얼은 킥킥거리며 '거기 숨어 있었나?' 하고 용문진을 바라봤다.

"배신 같은 소리. 나름대로 정보 수집 중이었소. 그러는 사형은 팔방으로 뛰어다녀도 모자랄 판에 객잔에서 세월을 보내고 있다니, 목적을 망각해버린 것 아니오?"

"왜? 계속 숨어 있지, 모습을 나타낼 것이냐? 혹시 나보다 밀린다는 말에 울컥한 것은 아니겠지?"

"이……!"

 용문진은 당장이라도 기운을 쏟아낼 것처럼 주먹을 불끈 쥐었지만 아직은 손을 섞을 때가 아니었다. 무림행이 마무리되면 언제고 붙어야 할 대상. 아직 해결해야 할 일들이 산재해 있는데 엉뚱한 일로 힘을 뺄 생각은 없었다.

 사람들은 설마설마하면서도 그럴 리 없겠지, 했던 사람이 진짜 이야기 속의 용문진과 동일 인물임을 알게 되자 경악한 표정을 지었다. 그것도 정복문인가 뭐가 하는 곳의 후계자 중에 한 명이라니. 행여 책잡힐 소리는 하지 않았는지 급히 기억을 떠올리는 사람들도 생겨났다.

물론 용문진의 등장에 가장 긴장한 사람은 표사라는 위장 신분으로 관치 일행을 감시하고 있던 비선(秘線)이었다.

'저, 정말 주군이었던 거야?'

이름이 비슷할 뿐, 자신의 주군일 리 없다고 생각했던 비선은 자신의 상관에게 앞으로 어떻게 보고를 해야 할지 판단이 서지 않아 머리가 지끈거리기 시작했다. 주군이 이런 데 있을 리 없다며 큰소리 뻥뻥 쳤던 자신이 아닌가. 그런데 이제껏 자신이 모시는 사람도 몰라봤다는 무시무시한 죄명을 뒤집어쓰게 되었으니 목숨이 열 개라도 부족할 판이었다.

'젠장, 인생 정말 더럽게 꼬이는구나. 그런데 보고를 받아야 할 분이 여기 있으면, 도대체 내 상관은 누구에게 보고를 하고 다니는 거야?'

비선은 보고할 대상을 잃어버린 자신의 상관을 떠올리며 상황이 웃기게 되었단 생각을 했다.

'아니지. 주군이 이곳에 계시니… 몰라봤다고 할 게 아니지. 보고 자체를 할 수 없는 상황인 데다 신분을 밝힐 수 없어 조용히 입을 다물고 있었다 하면…….'

비선은 어찌어찌 말만 잘하면 어깨 위의 물건을 잘 지켜낼 수 있을지도 모른단 생각을 했다.

약육강식(弱肉强食) • 317

'그나저나 호가의 흑표라는 호태얼 님까지 엉켜들다니. 설마 이 모든 상황이 관치 그자의 의도는 아니겠지. 아니야, 제 놈이 무슨 수로 이런 상황까지 알겠어.'

비선도 자신의 책무를 잊지 않고 있었기에 관치의 이야기와 동행들의 행태를 분석하며 뭔가를 찾아내고자 부지런을 떨고 있었다. 그동안 몇 가지 가설이 세워지기도 했지만 아무리 생각해도 이것이다, 라고 말할 만큼 확실한 증거가 없다 보니 눈먼 장님 헛소리하듯 엉뚱한 쪽으로 자꾸만 빠져들고 있었다.

"돈을 낼 것입니까?"

관치는 원래 그랬던 것처럼, 본업이 정보상인이라고 해도 철석같이 믿을 정도로 담담히 돈을 원했다.

"비용이……."

평소라면 얼마라도 내고 듣겠지만 뭔가 들고 다니는 걸 귀찮아하는 성격 때문에 돈마저 수하에게 맡겨 놓던 버릇이 그의 덜미를 잡았다. 언제든 일행에서 빠져나갈 수 있다는 생각에 빈 몸으로 훌쩍 찾아왔던 용문진인 것이다.

처음 호태얼이 모습을 드러냈을 땐 누군가 목숨을 잃을 수도 있다는 생각에 긴장감이 감돌았지만, 언제부턴가 객잔 안의 강자는 무력이 아닌 정보를 움켜쥔 관치가 돼버렸다.

◎　◎　◎

"그게 무슨 소리냐?"

"호태얼 님과 용문진 님이 죽산 객잔에 함께 자리하고 계신다 합니다."

관치를 찾기 위해 밤새 무당산 자락을 이 잡듯 뒤지고 다녔던 봉가(鳳家)의 후계자 봉태주는 수하의 보고에 눈살을 찌푸렸다. 문의 명령은 중원 무림에 무혈입성이었고, 그런 일이 가능하자면 관치 그자를 찾아내 요절을 내야만 하는 상황이었다. 그런데 이렇게 급박한 상황에 객잔 모임이라니.

봉태주의 눈길이 다시 수하에게 향했다.

"관치 그자는?"

"관치라는 이름을 가진 자만 이미 열 명이 넘었습니다."

"모조리 이야기꾼이라, 이 말이지."

"그, 그렇습니다."

봉가의 천장, 임하수는 면목이 없다는 듯 고개를 숙여 버렸다.

"죽산이라고 했나?"

"그렇습니다."

"무림행을 위해 선공을 취했던 곳 중에 하나가 죽산의 소가장이었지?"

"그렇습니다. 호태얼 님이 책임진 곳이 소가장이었습니다."

"약속한 날짜가 아직 이틀이나 남았다. 수색을 게을리 하지 마라."

"존명!"

"나는 죽산에 다녀오겠다."

"네?"

임하수는 주군이 직접 움직인다는 말에 숙였던 고개를 다시 들어올렸다.

"임하수 너도 모르진 않겠지? 무림행이 마무리되면 셋 중 하나가 문주가 된다는 것을."

"그렇습니다."

"그런데 그 셋 중 둘이 한곳에 모여 있다면 이유라도 알아야 하지 않겠냐, 이 말이지."

"비선들을 보내는 것은 어떻겠습니까?"

"어차피 수색 작전도 지지부진한 상태다. 만에 하나 이대로 무당에 오르게 되면 방법은 하나뿐이지. 정복문은 강하다. 오랜 세월 인고를 견뎌 내고 여기까지 이르렀다. 정작 내가 신경이 쓰이는 것은 중원 무림이 아니라 언제든 치고 올라올 수 있는 호가와 용가다."

"명심하겠습니다."

정복문 초기엔 오행을 중심으로 한 다섯 가문이 있었지만, 평정문 때문에 붕괴를 거듭하는 과정에서 모두 3개의 가문으로 재편이 된 상태였다. 그중에서도 봉가는 다른 두 가문과 달리 합병보다는 가통을 지키는 것을 선택한 가문이었다. 혼혈이 돼버린 용가나 호가와 달리 봉가는 정통성을 따질 수 있는 정복문 유일의 세력이었다.

 물론 봉가가 오롯이 홀로 설 수 있었던 것은 다른 가문들과 달리 문주를 한 번도 배출하지 못했던 이유이기도 했는데, 강성했던 다른 가문들이 무림행을 나섰다 평정문에 무너지자 자연스럽게 봉가가 제일가문으로 성장한 것이다.

 "남들은 어부지리라 이야기하지만 어림없는 소리. 어설픈 능력으로 무림을 도모했으니 당연한 결과였다."

 봉태주는 알 수 없는 미소를 보이며 지휘 막사를 벗어나 두 사제가 자리하고 있다는 죽산의 객잔으로 몸을 날렸다.

◘ ◘ ◘

 관치의 대답에 한동안 바보 같은 표정을 짓고 있던 조성은이 천천히 몸을 일으켰다.

 "뭐라고 했느냐?"

 "네?"

 관치는 느닷없이 앞뒤 없는 질문을 던진 조성은을 보며 어리둥절한 표정을 지었다.

 "감히 저 핏덩이 같은 놈이 나와 박빙을 이룬다 했느냐?"

 "그건, 어디까지나 제가 알고 있는 이야기를 토대로……."

"갈!"

조성은의 외침에 관치는 뜨끔한 표정을 짓더니 슬그머니 고개를 돌려 버렸다.

"쯧쯧쯧, 무슨 소리를 듣고 그렇게 열이 받았는지는 모르겠지만, 그 대상이 너라니. 고생 좀 하겠구나."

사마건은 조성은의 평소 성격을 생각하면 이기고 지는 문제로 화를 내지 않는다는 걸 알고 있었기에, 엉뚱한 곳에서 열 받고 그 화풀이 대상으로 용문진을 지목했다는 것을 느낀 것이다.

"너는 감히 나를 상대할 수 있느냐?"

조성은은 노기 서린 얼굴로 용문진을 노려봤다.

'빌어먹을, 이기고 지는 질문은 호태얼이 했는데 왜 나에게 불똥이 튀는 거냐!'

"말이 없다는 것은 그렇다 생각하는 것이로군."

용문진은 몸을 일으킨 조성은이 자신 쪽으로 다가오자 다급한 표정이 되었다. 이미 종사에 올라 초극급 고수로 평가되는 조성은을 무슨 수로 이긴단 말인가.

'비기를 사용하면 가능성은 있겠지만……'

용문진은 순식간에 수많은 생각이 교차했다.

"조 대협, 지고 이기는 것의 문제는 제가 아니라 저쪽에 있는 사형 호태얼이 한 말입니다."

용문진의 말에 조성은의 눈길이 이번엔 호태얼 쪽으로 이동했다.

"거기다 관치 저 사람이 말했듯이 저는 조 대협을 이길 수 없습니다. 하지만 저보다 강하다 평가되는 제 사형은 조 대협과의 승부를 점칠 수 없다고 했으니, 상대를 하는가 못하는가 등의 질문은 제가 아니라 제 사형에게 하는 것이……."

용문진은 엄청난 속도로 말을 쏟아내며, 조성은이 화를 낼 대상은 자신이 아니라 자신의 사형 호태얼임을 강력히 주장했다.

호승심을 자극할 만큼 강한 기세를 지닌 조성은의 모습에 질문을 던졌던 호태얼은 용문진을 향했던 조성은의 분노가 자신에게 집중되자 입술을 실룩거렸다. 정복문의 후계자라는 놈이 겁을 집어먹고 물러선 것도 모자라 자신에게 화살을 돌려 버리자 화가 치민 것이다.

"네가 그러고도 정복문의 후계자란 말이냐!"

호태얼은 비열한 술수로 자신을 불편하게 만든 용문진에게 버럭 소리를 질렀다.

"시끄럽다, 이놈아. 어디 다시 한번 떠들어봐라. 네놈이 나를 꺾을 수 있다는 말이냐?"

조성은은 으르렁거리는 목소리로 호태얼을 노려봤다.

"흥! 당연하지 않느냐? 늙은이 따위야."

"그래? 그렇게 자신이 있다면 손발을 한번 섞어봐야겠군. 대화산파 전대 장문인이라는 명패를 차고 보이지도 않는 후배 놈에게 헛소리를 들을 수는 없는 일이니."

조성은은 호태얼을 향해 밖으로 나오라는 손짓을 했다.

"흥, 마음 같아선 당장이라도 늙은이를 손봐주고 싶지만, 관치 그자가 만들어놓은 조항에……."

"그건 네놈이 먼저 공격하면 안 된다는 조항이 아니었더냐. 그새 자신이 없어진 것이냐?"

조성은은 콧방귀를 뀌며 호태얼의 말에 반박을 했다.

"좋다, 늙은이. 후회하게 될 것이다."

호태얼은 조성은을 따라 객잔 밖 공터로 자리를 옮겼다. 사람들은 느닷없이 결투가 벌어지자 호기심 가득한 얼굴을 하고 객잔 밖으로 우르르 몰려나갔다.

그 상황을 말없이 지켜보고 있던 자칭 화산검협 연준하는 점소이에게 사발 그릇 하나를 받아 사제에게 들게 하더니, 계산대 위에 있던 붓과 공책을 집어 들고 느릿하게 걸음을 옮겼다.

"승자에게 돈을 거십시오. 어차피 누군가는 이기고 질 것이니, 자신의 운을 확인해보는 겁니다."

연준하는 잠시 목을 가다듬더니 대뜸 내깃돈을 받겠다며 사람들 앞에 나섰다. 관치가 정보비를 받아 챙기며 '돈'을 외치던 게 방금인데 이번엔 연준하가 그 짓을 하고 나선 것이다.

"이보시오, 너무하는 것 아니오?"

진하석은 연준하의 태도에 못마땅한 표정을 지으며 예의를 지키라 했다.

"예의 같은 소리 하고 있네. 누구는 다 알고 있는 사실로 삼백 냥이 넘는 이문을 챙겼는데 나는 하지 말라는 소리요?"

"내 말은 그게 아니라……."

 진하석은 최소한 상황은 봐가며 나서야 할 것 아니냐며 한 소리 하려 했지만, 결투의 당사자인 조성은이 찬동을 해버리자 할 말이 없어져 버렸다.

"사마건이, 내 앞으로 열 냥만 걸어라."

"선이자는 이 할이고……."

"맘대로 해!"

"알았소."

 사마건은 사제 민덕수가 들고 있는 사발에 은자 10냥을 던져 넣고 연준하가 기록을 하자 다시 10냥을 추가로 집어넣었다.

"이건 내가 거는 돈이네."

"아, 네."

 호태얼은 당연히 자신이 이길 거라며 돈을 거는 조성은의 모습에 얼굴이 일그러졌다. 거리의 낭인도 아니고 무림의 명성 있는 자가 결투에 내깃돈이라니. 도저히 용서가 되지를 않았다.

"그래, 너는 누구에게 걸 것이냐?"

조성은은 호태얼을 보며 '나에게 걸 생각은 없느냐?' 하는 표정을 지었다. 방금까지 결투에 내깃돈이 걸리는 것에 분기를 보이던 호태얼이었지만, 대놓고 '너는 질 것이다.' 하고 외치는 조성은의 모습에 결국 입을 열고 말았다.

"내 앞으로 은자 백 냥!"

호태얼이 전표를 꺼내 민덕수에게 넘기자 그를 수행하고 있던 부하들 역시 주섬주섬 은자를 꺼내들었다. 자신의 주인이 결투에 나서며 돈까지 걸었는데 모르는 척 있다간 주인의 승리에 의심을 품는 행위가 될 수도 있기 때문이다.

당사자간에 내깃돈이 걸리기 시작하자 너도나도 한 푼 두 푼 돈을 걸기 시작했고, 순식간에 2백 냥이 넘는 은자가 모였다. 결코 적지 않은 돈이었지만 화산파 전대 장문인과 정복문이라는 괴문파의 후계자가 맞붙는 대결치곤 매우 저렴한 비용이 투자된 셈이었다.

"나는 저쪽에 오십 냥."

내깃돈이 걸리는 걸 조용히 구경만 하고 있던 관치가 슬그머니 호태얼 쪽을 가리키며 돈을 내놓자 근처에 있던 사람들의 표정이 '설마!' 하는 얼굴이 되었다. 의도적이진 않았지만 표국 사람들과 나머지 일행은 전부 조성은에게 돈을 걸었고, 호태얼 쪽 역시 당연히 자신들이 이긴다에 돈을 걸었던 것이다.

조성은은 어이없게도 관치가 반대편에 돈을 걸자 더욱 끓어올랐다. 잠시 자신이 질 거라 판단했다는 소리가 아닌가.

 조성은은 유일하게 돈을 걸지 않은 용문진에게 시선을 돌렸다.

 "너는 왜 돈을 걸지 않는 것이냐?"

 "그게 저는 가진 게 없다 보니."

 "돈은 걸지 않는다 해도 누가 이길지 예상은 했을 것 아니냐?"

 "솔직히 저는 모르겠습니다. 그래서 아무 말도 할 수가 없습니다."

 용문진은 누구 편을 들건 결국엔 손해라는 생각에 판단을 할 수 없다는 말로 한발 물러서버렸다.

 그때 용문진 뒤에서 생소한 목소리 하나가 들려왔다.

 "나도 걸고 싶소만."

 "대, 대사형?"

 용문진은 뒤쪽에서 모습을 드러낸 사람이 정복문의 차기 후계자로 가장 유력시되는 대사형 봉태주임을 확인하자 '어떻게 이곳에?' 라는 표정을 지었다.

 "사제가 모두 모여 있는데 나라고 못 올 것도 없지."

 '둘이 모여 있다고 하니 뭔가 꿍꿍이 부리는 게 아닌가 걱정이 된 것은 아니고?'

 용문진은 웃기지 말라며 한마디 쏴주고 싶었지만 현실적

이지 못한 행위는 혀끝에서 바로 거부되었다.

"그러셨군요. 무당 초입이라 그런지 이렇게 모두 모이게 되는군요."

용문진은 정중히 허리를 숙여 보이며 봉태주 뒤쪽에 자리를 잡았다. 아직까지는 정면 돌파를 선택하기엔 어려운 점이 많은 인간이었다.

"사형, 왔소?"

"그래. 그런데 분위기가……."

봉태주는 어떻게 된 일이냐며 주변을 둘러봤다.

"무당에 오르기 전까지 관치 그자가 내건 조건을 지켜야 한다는 걸 잊은 것이냐?"

"이 일은 관치 그자의 조항에 어긋나지 않소. 내가 아니라 저 늙은이가 먼저 도발을 해왔으니 말이오."

"그래?"

봉태주는 호태얼이 가리킨 늙은이, 조성은을 바라보더니 눈빛이 반짝거렸다. 그저 호기만 앞세운 늙은이 따위가 아님을 알아차린 것이다.

"정복문 봉가의 아들, 봉태주라고 합니다. 어르신의 존성대명을 알 수 있겠습니까?"

"클클클, 사제 놈의 말투가 걸레 같기에 그 형제들도 모두 그런 줄 알았더니, 그래도 정상적인 사람도 있기는 했구나. 나는 화산파의 조성은이라고 한다."

"아, 얼마 전에 은퇴를 하시고 수행에 들어갔다던……"

"어떤 놈들이 그런 헛소리를 지어냈는진 모르겠지만 은퇴를 한 적도 없고, 등선하겠다고 수행에 들어간 적도 없다."

"하하하, 그러셨군요. 무당에 도착하면 많은 분들을 뵙게 될 거라 생각했지만, 선배님을 뵙게 될 줄은 생각지 못했습니다. 그런데 어쩌다 이런 상황이 되었는지……"

"저놈이 당연하다는 듯 나를 이길 수 있다기에 그럴 수 있으면 해보라 했다. 왜, 말리고 싶은 것이냐?"

봉태주는 잠시 눈이 가늘어지며 생각에 잠기는가 싶더니 다시 자신의 자리로 돌아가버렸다.

"무인이 승부를 겸하는데 무슨 이유가 있겠습니까. 저는 관여치 않을 것입니다."

"좋다. 공증을 설 이들은 넘쳐 나는 것 같으니 어디 한번 어울려 보자."

"흥, 화산에서 손주들 재롱이나 볼 것을 괜히 기어 나왔다 생각이 들것이오!"

호태얼은 한마디도 지지 않겠다는 듯 조성은의 말에 말꼬리를 붙였다.

그때 조성은이 먼저 기운을 끌어올리기 시작했는지 주변의 공기가 급변하자, 호태얼 역시 기운을 끌어올리며 신경전에 들어갔다. 서로 간에 어떤 무공을 쓰는지 명확히 알지 못했기에 틈을 찾기 시작한 것이다.

사람들은 둘 사이에서 뿜어지는 투기에 밀려나 계속해서 거리를 벌려야 했고, 절정급 무인들만 함께 기운을 끌어올리며 자리를 지킬 뿐이었다.
  "패자무언(敗者無言)!"
  "문답무용(問答無用)!"
  조성은의 외침에 호태얼이 응수를 했고, 그와 동시에 두 사람의 신형이 번개처럼 튀어나갔다.

6권에 계속

www.mayabook.co.kr

www.mayabook.co.kr